Mediator

MEG CABOT

MEDIATOR

Tome 4
La fiancée des ténèbres

Traduit de l'anglais (américain) par Lila Bercérade

L'édition originale de cet ouvrage a paru en langue anglaise
chez Avon Brooks, an imprint of HarperCollinsPublishers,
sous le titre :

THE MEDIATOR : DARKEST HOUR

En mémoire de Marcia Mounsey

1

L'été. La saison des jours longs et nonchalants, des nuits courtes et torrides.

À Brooklyn, où j'ai passé les quinze premiers étés de ma vie, quand je n'étais pas en colonie de vacances, je traînais dans la rue avec ma meilleure amie, Gina, et ses frères. On attendait le marchand de glaces. Lorsqu'il ne faisait pas trop chaud, on jouait à la guerre avec les autres gamins du quartier : on se répartissait en équipes et on se tirait dessus avec des pistolets imaginaires.

Évidemment, on a arrêté ce jeu quand on est devenues trop grandes, Gina et moi. On a même laissé tomber les glaces. Et ça n'a pas chagriné grand monde. Les gars du quartier ne voulaient plus traîner avec nous, de toute façon. Enfin, avec *moi*, pour être plus précise. Je suis sûre qu'ils n'auraient pas été contre l'idée de renouer avec Gina, mais quand ils ont fini par se réveiller et remarquer qu'elle était devenue une vraie bombe, elle ne s'intéressait plus du tout à eux.

Je ne sais pas exactement ce que j'attendais de mon seizième été, le premier depuis que j'avais emménagé en Californie avec ma mère, son nouveau mari… Sans oublier les trois fils qui allaient avec lui. J'imaginais sans doute les mêmes journées interminables. Seulement je les aurais passées sur la plage plutôt que dans la rue. Quant aux nuits courtes et torrides, eh bien, j'avais aussi des projets dans ce domaine. Il ne me manquait qu'un amoureux. Mais ni la plage ni l'amoureux n'ont fait leur apparition dans ma vie, ce dernier simplement parce que j'ai un faible pour un type qui ne s'intéresse pas du tout à moi. Du moins, c'est l'impression qu'il donne. Et la plage parce que…

Parce que j'ai été contrainte de prendre un boulot.

Vous avez bien lu : un *boulot*.

Un soir au dîner, au début du mois de mai, Andy, mon beau-père, m'a demandé si j'avais déposé des candidatures pour l'été. Je n'ai pas du tout compris de quoi il voulait parler, dans un premier temps. Il ne m'a pas fallu très longtemps, cela dit, pour piger que j'allais être forcée de faire encore un sacrifice, et ils sont nombreux depuis que ma mère a épousé Andy Ackerman – de son état présentateur d'une émission de bricolage très appréciée sur une chaîne de télé locale, Californien pure souche et père de trois affreux totos. Aux oubliettes, mon été torride à paresser sur la plage avec mes amis.

J'ai rapidement découvert comment on envisageait les choses chez les Ackerman. L'alternative était simple : trouver un boulot ou suivre des cours de rattrapage. Seul Doc, le plus jeune de mes demi-frères – que tout le monde, à part moi, appelle David –, en était dispensé, étant trop jeune pour travailler et ses notes brillantes lui ayant permis d'être accepté dans une colonie d'informatique pendant un mois, où il cultiverait sans doute ses talents de Bill Gates en graine. Enfin, je croise les doigts pour qu'il ne suive pas la voie de son modèle, côté coupe de cheveux ringarde et sweatshirts informes.

Le cadet de mes demi-frères, Stone (ou Brad), n'avait pas eu autant de chance. Il avait été recalé en anglais ainsi qu'en espagnol, et son père l'avait donc obligé à s'inscrire à l'école d'été, cinq jours par semaine... Le reste du temps, il lui servait d'esclave, pour un salaire de misère. Profitant de la pause estivale de son émission, Andy avait en effet entrepris de démonter une partie de la terrasse en bois pour installer un jacuzzi dans le jardin.

Vu l'étendue des choix, j'ai opté pour le boulot. J'en ai décroché un dans l'endroit où l'aîné de mes demi-frères, Dormeur, travaille chaque été. J'ai même bénéficié de sa recommandation, ce qui, sur le coup, m'a à la fois estomaquée et touchée. Ce n'est que plus tard que j'ai découvert qu'il recevait une prime pour toutes les embauches qu'il avait appuyées. Ça se passe de commentaire.

Dormeur – Jake pour ses amis et le reste de la famille – et moi appartenons donc désormais, non sans une certaine fierté, au personnel du complexe hôtelier de Pebble Beach, lui en tant que maître nageur d'une des nombreuses piscines, et moi…

Eh bien moi, j'ai renoncé à mes plans estivaux pour gonfler les rangs des babysitters de l'hôtel. Ça y est, vous avez fini de vous marrer ?

Je reconnais volontiers que ce n'est pas le genre de tâche pour laquelle je pensais avoir la moindre compétence, n'étant pas connue pour ma patience et n'adorant pas vraiment qu'on me bave dans les cheveux. Mais laissez-moi vous dire que ce travail est rémunéré dix dollars de l'heure, sans compter les pourboires. Est-il utile d'ajouter que les personnes qui descendent dans ces endroits sont généralement très généreuses ? L'argent, je dois bien le reconnaître, a largement contribué à mettre du baume sur mon orgueil blessé. Tant qu'à passer un été à trimer, autant en tirer un avantage, et gagner cent dollars par jour – parfois plus – est une compensation de taille, qui me permettra d'avoir, à la rentrée, la garde-robe la plus impressionnante de toutes les filles de première de l'Académie de la Mission Junipero Serra.

Tu devrais penser un peu à ça, Kelly Prescott, pendant que tu te prélasses au bord de la piscine de ton père. J'ai déjà quatre paires de Jimmy Choo, acquises par mes propres moyens. Alors, qu'est-ce qu'on en dit, mademoiselle Je-ne-suis-rien-sans-la-carte-bleue-de-papa ?

Le seul vrai hic avec ce boulot – à l'exception des mioches geignards et de leurs parents, tout aussi geignards mais pleins aux as –, c'est que je commence à 8 heures tous les jours. Vous avez bien lu : 8 heures. Pas de grasse mat cet été pour cette bonne vieille Suze. Je trouve ça un peu excessif. Croyez-moi, j'ai fait part de mon sentiment sur la question. Étonnamment, quand j'ai proposé que le service de baby-sitting ne commence qu'à 9 heures, le personnel de l'hôtel est resté hermétique à mes arguments.

Voilà donc pourquoi, tous les matins, je suis sur le pied de guerre à 7 heures (je ne peux même pas profiter du dimanche à cause de mon beau-père, qui exige que nous nous retrouvions tous autour du copieux brunch qu'il nous prépare ; il aime croire qu'on forme une famille formidable...). Ce lever matinal, je l'ai découvert avec surprise, a ses avantages. Je n'y ferais pas figurer pour autant la vision de Stone torse nu, suant comme un goret et buvant du jus d'orange à même le carton d'emballage. Plus d'une fille du lycée serait prête à payer pour le voir torse nu, transpiration ou pas. Kelly Prescott est de celles-là. Sa meilleure amie, Debbie Mancuso, accessoirement l'ex de Stone, aussi. Je suppose qu'elles n'ont jamais vu mon demi-frère après un dîner chili con carne... Cela dit, rien de plus facile que d'assister, gratuitement, au spectacle de Stone dans toute sa splendeur, puisque, tous les matins de la semaine, de 6 à 10 environ – heure à laquelle il doit partir pour ses cours –, il s'active dans le jardin, torse nu, sous l'œil vigilant d'Andy.

Quand j'ai surpris Stone, ce matin-là, en train de boire, une fois de plus, directement au carton – habitude dont ma mère et moi essayons, sans grand succès, de guérir le clan Ackerman au complet –, il venait apparemment de creuser dans le jardin, à en croire les traces qu'il avait laissées sur le sol de la cuisine et l'objet crasseux qu'il avait déposé sur le plan de travail immaculé (je parle en connaissance de cause : la veille, c'était mon tour de ménage).

— Si c'est pas charmant…, ai-je lancé en entrant dans la pièce.

— T'as pas des trucs à faire ? a-t-il rétorqué en s'essuyant la bouche avec son poignet.

— En effet, mais je caressais l'idée d'avaler un bon verre de jus d'orange vitaminé avant de partir… Mon rêve vient malheureusement de se briser.

Il a secoué le carton.

— Il en reste un peu.

— Agrémenté de quelques gouttes de ta salive ? Très peu pour moi.

Stone a ouvert la bouche pour me répondre – vraisemblablement une amabilité, comme à son habitude –, mais la voix de son père nous est parvenue depuis le jardin.

— Brad ! La pause est finie ! Viens m'aider !

Stone a posé le carton de jus d'orange d'un geste rageur avant de se détourner. Je ne l'ai pas laissé filer comme ça.

— Excuse-moi…

Comme il était torse nu, j'ai vu les muscles de sa nuque et de ses épaules se contracter au son de ma voix.

— C'est bon, a-t-il grogné en faisant demi-tour, je vais ranger. Mince, pourquoi tu me cherches toujours sur des trucs aussi mesquins…

— Je me fiche du jus d'orange, l'ai-je interrompu (même s'il avait dû contribuer à rendre le plan de travail poisseux). Je veux savoir l'origine de *ça*.

Stone a suivi mon index du regard et plissé les yeux en découvrant l'objet oblong et terreux.

— Aucune idée. Je l'ai trouvé dans le jardin en dégageant un des poteaux de la terrasse.

Avec précaution, j'ai soulevé ce qui semblait être une boîte métallique, d'environ quinze centimètres de longueur sur deux de hauteur, rouillée et maculée. Par endroits, malgré la saleté, on apercevait des mots peints sur les côtés. J'ai réussi à en déchiffrer quelques-uns : *arôme délicieux*, *qualité garantie*. J'ai secoué la boîte, elle a fait du bruit.

— Il y a quoi à l'intérieur ? ai-je demandé à Stone.

— Qu'est-ce que j'en sais, moi ? Le couvercle est coincé par la rouille. Je voulais prendre un…

Je n'ai jamais découvert quel sort il comptait réserver à la boîte : son frère aîné, Dormeur, est entré dans la cuisine sur ces entrefaites, il a vidé le carton de jus d'orange, puis il l'a écrabouillé avant de le jeter. Remarquant mon air dégoûté, il a demandé :

— Quoi ?

Je ne comprends pas ce que les filles leur trouvent, à ces deux-là. Sérieux. Ce sont de vraies *bêtes*. Et pas le genre boule de poils attachante. Andy continuait à réclamer la présence de Stone sur la terrasse. Ce dernier a grommelé des grossièretés dans sa barbe avant de hurler :

— C'est bon, j'arrive !

Il était déjà 7h45, Dormeur et moi devions donc nous « magner », comme il dit, si nous ne voulions pas être en retard au boulot. En dépit de sa tendance à dormir éveillé, sa conduite n'a rien de celle d'un somnambule, et nous avons atteint notre destination avec cinq minutes d'avance.

Le complexe hôtelier de Pebble Beach se targue d'être une affaire qui roule. Et je dois reconnaître que c'est le cas. Dès que j'ai pointé, je dois m'enquérir de ma mission du jour. C'est le moment où je découvre si je trouverai des morceaux de carotte bouillie ou de hamburger dans mes cheveux, le soir, en les lavant. À tout prendre, je préfère les hamburgers, mais je dois reconnaître une certaine vertu aux carottes bouillies : en règle générale, ceux qui en mangent ne peuvent pas parler en même temps.

En prenant mes fonctions, ce matin-là, j'ai été

déçue par mon assignation, même s'il s'agissait d'un mangeur de hamburgers.

— Susannah Simon, a annoncé Caitlin, tu t'occupes de Jack Slater.

— Mais j'étais déjà avec lui hier. Et avant-hier.

Caitlin n'a beau avoir que deux ans de plus que moi, elle me traite comme si j'en avais douze. Je suis persuadée qu'elle me tolère uniquement à cause de Dormeur : elle est raide dingue de lui, comme toutes les filles de la planète d'ailleurs… à part moi.

— Les parents de Jack t'ont réclamée, Suze, a-t-elle rétorqué sans même lever le nez de son bloc-notes.

— Tu n'aurais pas pu leur répondre que j'étais déjà prise ?

Elle a plongé ses yeux d'un bleu glacial (grâce à des lentilles de contact de couleur) dans les miens.

— Ils t'apprécient, Suze.

Je jouais avec les bretelles de mon maillot de bain, qui était, dans le respect du règlement, bleu marine. Je le portais sous un tee-shirt bleu marine et un short khaki, eux aussi réglementaires. Froncé, le short ! L'horreur… Je vous ai bien dit que j'étais contrainte de porter un uniforme ? Non ? Eh bien si ! Sans déconner. Tous les jours. Un uniforme. Si on m'avait prévenue, j'aurais postulé ailleurs.

— Je sais qu'ils m'aiment bien, ai-je répondu.

Le sentiment n'est pas réciproque. Je n'ai rien contre Jack, même s'il est le plus grand pleurnicheur qu'il m'ait été donné de rencontrer. Il suffit d'ailleurs de regarder ses parents pour en comprendre la raison : deux médecins obsédés par leur carrière, qui considèrent que des vacances en famille consistent à larguer leur gosse entre les mains d'une baby-sitter des journées entières pendant qu'ils font du voilier ou jouent au golf.

C'est plutôt avec le grand frère de Jack que j'ai un problème. Enfin, *problème* n'est peut-être pas le bon terme… Disons que j'aime autant éviter de le croiser lorsque je suis affublée de ce short singulièrement peu seyant. Évidemment, chaque fois que je tombe sur lui, depuis leur arrivée la semaine dernière, je porte ma tenue réglementaire. Oh, je ne me soucie pas particulièrement de l'opinion de Paul Slater à mon sujet. Mon cœur est déjà pris. Dommage que celui à qui je l'ai donné s'en soucie comme d'une guigne…

Reste que Paul est assez incroyable. Il n'est pas seulement sublime, il a aussi beaucoup d'humour. Chaque fois que je le croise, il fait une remarque bien sentie sur l'hôtel, ses vieux ou lui-même. Ce n'est jamais méchant, mais toujours drôle.

Il doit être intelligent également, parce que dès qu'il n'est pas sur le parcours de golf avec son père ou sur un terrain de tennis avec sa mère, il lit au bord de la piscine. Et pas n'importe quoi. Pas du Tom Clancy, du Michael Crichton ou du Stephen King. Oh que non. Paul lit des philosophes comme Nietzsche ou Kierkegaard. Sérieux. On en viendrait presque à penser qu'il n'est pas Californien. Ce qui est effectivement le cas, puisqu'il vient de Seattle.

Bref, j'avais deux bonnes raisons de déplorer mon affectation du jour. Mais Caitlin se désintéressait totalement de mes états d'âme.

— Personne n'aime Jack, Suze. Il se trouve que le docteur Slater et sa femme t'apprécient. Tu passeras donc la journée avec leur mioche. *Capisce ?*

J'ai soupiré bruyamment, mais qu'est-ce que j'y pouvais ? Ma fierté mise à part, la seule chose qui prendrait ombrage de cette journée serait mon bronzage. Ce gamin n'aime pas nager, il n'aime ni le vélo ni le roller ni le Frisbee ; à vrai dire il n'aime aucune activité d'extérieur. Sa conception des loisirs se résume à regarder des dessins animés dans sa chambre d'hôtel. Je n'exagère pas. Il est, sans doute possible, l'enfant le plus ennuyeux de la Terre. J'ai du mal à croire que Paul et lui aient les mêmes géniteurs.

— En plus, a ajouté Caitlin, Jack fête aujourd'hui ses huit ans.

— C'est son anniversaire ? Et ses parents l'abandonnent avec une baby-sitter toute la journée ?

Caitlin m'a décoché un regard noir.

— Ils devraient être de retour pour l'emmener dîner au Grill.

Le Grill. Le restaurant le plus chic du complexe, pour ne pas dire de toute la péninsule. Le plat le moins cher y coûte au moins quinze dollars, et il ne s'agit que d'une salade verte. Vous l'aurez compris, ce n'est pas vraiment le rade le plus sympa où emmener un gamin célébrer son huitième anniversaire. Même Jack, qui s'y connaît pourtant question ennui, pourrait bien n'avoir jamais mis le pied dans un endroit plus rasoir. Je ne comprends pas. Mais alors pas du tout. Qu'est-ce qui cloche avec ces gens ? Et surtout, vu la façon dont ils traitent leur petit dernier, comment leur autre fils a-t-il réussi à devenir aussi…

Canon ?

C'est le premier mot qui m'est venu à l'esprit lorsque Paul a ouvert la porte de la suite familiale. Il m'a lancé un sourire décontracté, une main dans la poche de son pantalon en coton blanc cassé. Dans l'autre se trouvait un livre d'un certain Martin Heidegger. Vous savez quel est le dernier livre que j'ai lu ? *Oui-oui*. Le petit bonhomme avec le bonnet bleu et la clochette. C'est vrai, je l'ai lu à voix haute à un gosse de cinq ans, n'empêche. Heidegger ? La vache !

— Qui a commandé une jolie fille ? a lancé Paul à la cantonade.

Je vous l'accorde, ce n'était pas très drôle. Ça ressemblait même à du harcèlement sexuel, à la réflexion. Mais le fait que cette remarque soit sortie de la bouche d'un mec qui avait mon âge, mesurait près d'1m80 et avait le teint mat – sans parler des cheveux bouclés et des yeux aussi bleus que l'océan – donnait à l'agresseur des circonstances atténuantes. Circonstances atténuantes ? Qu'est-ce que je raconte ? Ce type pouvait me harceler à sa guise. Au moins j'inspirais ce genre d'idées à quelqu'un. Dommage que ce ne soit pas le bon… J'ai gardé ces réflexions pour moi, bien sûr.

— Hi hi hi. Je viens pour Jack.

— Ah, a-t-il dit en feignant la déception. C'est toujours lui qui a de la veine.

Il m'a cédé le passage, et je suis entrée dans le salon de la suite de luxe. Jack était à sa place consacrée, avachi sur la moquette devant la télé. Il n'a pas fait un seul geste dans ma direction, comme à son habitude.

Mon arrivée n'est pas passée inaperçue auprès de sa mère, en revanche.

— Oh, Susan ! Rick, Paul et moi passerons la matinée sur le parcours de golf. Nous nous retrouverons pour déjeuner, avant de nous rendre, chacun de notre côté, à nos rendez-vous avec nos entraîneurs personnels. Si tu pouvais rester jusqu'à notre retour, vers 19 heures, ce serait formidable. Veille à ce que Jack prenne un bain avant de s'habiller pour le dîner. J'ai sorti son costume. C'est son anniversaire, tu es au courant ? Très bien… Ciao ! Amuse-toi bien, Jack !

— Le contraire m'étonnerait, a lancé Paul en me gratifiant d'une œillade appuyée.

Après le départ de ses parents et de son frère, Jack est resté devant la télé sans m'adresser ni un mot ni un regard. Ça n'avait rien de surprenant, je ne me suis donc pas inquiétée. J'ai ouvert les portes-fenêtres et je suis allée sur la terrasse, qui donnait sur la mer. Les Slater payaient six cents dollars par nuit pour la vue sur la baie de Monterey et ses eaux turquoise, qui scintillaient sous un ciel d'un bleu limpide. Depuis leur suite, on apercevait une portion jaune de la plage sur laquelle, sans mon beau-père, j'aurais passé mon été.

C'était injuste. Vraiment trop injuste.

— Allez, champion, ai-je entonné après avoir joui du panorama pendant une minute ou deux en écoutant le va-et-vient apaisant des vagues. Va enfiler ton maillot de bain, on descend à la piscine. Il fait trop beau pour rester enfermé.

Jack m'a regardée comme si je venais de le pincer et non de lui proposer d'aller s'éclater dans l'eau.

— Pourquoi ? a-t-il crié. Je ne sais pas nager !

— C'est exactement pour cette raison que nous y allons. Tu as huit ans aujourd'hui, et ça craint de ne pas savoir nager à ton âge. Tu n'as pas envie d'être craignos, si ?

Jack m'a fait remarquer qu'il préférait ça à la perspective de sortir, réplique à laquelle je m'attendais. Je me suis affalée sur une banquette.

— C'est quoi, le problème, Jack ?

Au lieu de répondre, il a roulé sur le ventre et fixé la moquette. Je n'allais pas abandonner la partie aussi facilement. Je savais de quoi je parlais. Le système scolaire américain accepte mal la différence. Je ne sais pas ce que Richard et Nancy avaient fait pour que leur fils se transforme en mauviette geignarde, mais une chose était sûre : ils ne faisaient rien pour y changer quoi que ce soit. Il m'incombait donc d'empêcher Jack Slater de devenir le punching-ball de ses camarades de classe à la rentrée.

Ne me demandez pas pourquoi ça me tenait autant à cœur. Peut-être parce que, d'une certaine façon, Jack me rappelait un peu Doc, le plus jeune de mes demi-frères, celui qui passe son été devant un ordinateur. Un vrai geek, et pourtant l'une des personnes qui me sont le plus chères. Je fais même des efforts pour l'appeler par son vrai prénom, David… au moins en sa présence. Doc a beau être zarbi, il réussit à s'en tirer grâce à sa mémoire photographique. Autant que je pouvais en juger, Jack ne possédait aucun talent comparable. Pour être honnête, j'avais même l'impression qu'il était un peu limité. Il n'avait donc pas d'excuse pour son comportement.

— Qu'est-ce qu'il y a ? Tu n'as pas envie d'apprendre à nager et à lancer un Frisbee comme tout le monde ?

— Tu ne comprends pas, a-t-il grommelé, la tête dans la moquette. Je ne suis pas comme tout le monde. Je… je suis différent.

— Naturellement, ai-je dit en levant les yeux au ciel. Nous sommes tous différents les uns des autres, uniques. Mais il faut faire la distinction entre n'être pas pareil et être anormal. Et toi, Jack, tu finiras par devenir anormal si tu n'y prends pas garde.

— Je… je le suis déjà.

Il n'a pas développé et, je dois bien le reconnaître, je n'ai pas insisté. J'ai pensé qu'il entendait anormal au sens général du terme. On a tous ce sentiment, de temps en temps. Jack peut-être un peu plus fréquemment que la moyenne, mais, avec des parents comme Rick et Nancy, qui pourrait le lui reprocher ? Ils devaient lui demander en permanence pourquoi il ne ressemblait pas davantage à son grand frère, Paul. Ça suffirait à complexer n'importe qui. Non, mais c'est vrai. Heidegger… Pendant les grandes vacances ?

J'ai répondu à Jack que s'il continuait à se faire du mouron de la sorte, il vieillirait prématurément. Puis je lui ai ordonné d'aller enfiler son maillot de bain. Il s'est exécuté, mais en prenant son temps, et quand nous sommes enfin sortis de la chambre il était près de 10 heures. Le soleil tapait déjà, mais restait supportable. De façon générale, la chaleur est rarement étouffante à Carmel, même au cœur du mois de juillet. À Brooklyn, on peut à peine sortir en été, tellement il fait lourd. Ici, le taux d'humidité est quasi nul, et il y a toujours une petite brise fraîche en provenance du Pacifique… Le temps idéal pour un rendez-vous amoureux.

Ce qui ne m'arrivera probablement jamais, en tout cas pas avec le garçon de mes rêves.

Mais je m'égare... Jack et moi, nous descendions donc à la piscine lorsque l'un des jardiniers a surgi de derrière un énorme forsythia pour me saluer. Cet événement n'aurait, en soi, rien eu de surprenant – je m'étais liée d'amitié avec toute l'équipe de paysagistes grâce au nombre faramineux de Frisbees que j'avais égarés dans le cadre de mes fonctions –, si ce jardinier-là, Jorge, qui aurait dû prendre sa retraite à la fin de l'été, n'avait pas été victime d'une crise cardiaque quelques jours plus tôt et n'était pas, eh bien...

Mort.

Jorge, donc, dans sa salopette beige, un taille-haie à la main, m'a adressé un signe de la tête, comme il l'avait fait, au même endroit, la semaine précédente. Je ne me suis pas inquiétée de la présence de Jack, puisqu'il ne pouvait pas voir les fantômes. Pourtant, il m'a lâché la main et est parti en courant, et en hurlant, vers la piscine. J'ai retourné son salut à Jorge, puis je me suis lancée aux trousses du gamin. Après tout j'étais payée pour m'occuper des vivants, pas des morts. Mes missions en tant que mediator étaient un peu reléguées au second plan maintenant que je travaillais. Les fantômes devraient attendre. Ce n'est pas comme s'ils me payaient, de toute façon. Ah ! Si seulement…

J'ai retrouvé Jack roulé en boule sur une chaise longue. Il sanglotait dans sa serviette de plage. Heureusement, il était encore suffisamment tôt, et il n'y avait pas un chat autour du bassin. Autrement, j'aurais été bonne pour rendre des comptes ! La seule personne qui nous tenait compagnie était Dormeur. Il était perché sur sa chaise de maître nageur, mais, à la façon dont sa joue reposait sur sa main, il était évident que, derrière les verres de ses lunettes de soleil, ses paupières étaient closes.

— Jack ? Jack, qu'est-ce qu'il y a ? ai-je demandé en me laissant tomber sur la chaise longue à côté de la sienne.

— Je… je t'ai déjà expliqué, a-t-il haleté dans sa serviette. Suze… Je ne suis pas *comme* les autres. Je suis comme tu as dit. A… a… anormal.

Je ne voyais pas où il voulait en venir.

— Jack, tu n'es pas plus anormal que n'importe qui.

— Si ! Tu ne comprends pas ? a-t-il ajouté en relevant la tête et en plantant ses yeux dans les miens. Tu ne comprends pas pourquoi je n'aime pas sortir ?

J'ai secoué la tête. Je n'avais toujours pas pigé.

— Je vois les morts, a-t-il chuchoté.

2

Je vous jure que c'est ce qu'il a dit : « Je vois les morts. » Exactement comme ce gosse dans *Sixième sens*, jusqu'aux yeux inondés de larmes et à la peur dans la voix. Et j'ai eu exactement la même réaction que devant le film : une envie irrépressible de le secouer. Pourtant, je me suis contenue.

— Et alors ?

Mon intention n'était pas de me montrer insensible. Sincèrement. Il m'avait prise de court. En seize années d'existence, je n'avais rencontré qu'une autre personne dotée du même pouvoir que moi – celui de voir les morts et de parler avec eux –, et c'était un prêtre d'une soixantaine d'années. Accessoirement, c'était aussi le proviseur de mon lycée. Je ne m'attendais donc pas à tomber sur un collègue à l'hôtel de Pebble Beach.

— *Et alors ?* a-t-il répété d'un air outré en se redressant sur son transat.

Je l'avais vexé. Il était si maigrichon qu'il ressemblait à un coton-tige. C'était peut-être pour cette raison que Rick et Nancy évitaient sa compagnie. Ou parce qu'il conversait régulièrement avec des fantômes. Dieu sait que moi, ça ne m'a jamais aidée dans mes relations sociales. De parler avec des morts, pas de ressembler à un coton-tige ; parce que, si vous voulez la vérité, quand je ne suis pas affublée de ce short ridicule, je suis régulièrement sifflée par les ouvriers qui bossent dans l'hôtel.

— Tu as entendu ce que je viens de te dire ? Je vois des fantômes ! a-t-il repris en se frottant les yeux. Et ils me parlent.

J'étais sans doute la première personne de sa connaissance à ne pas lui éclater de rire au nez. Pauvre gosse… Je me suis penchée en avant, les coudes posés sur les genoux.

— Jack…

— Tu ne me crois pas. Personne ne me croit, mais c'est vrai !

Son menton tremblait, et il s'est de nouveau enfoui la tête dans sa serviette. J'ai jeté un coup d'œil dans la direction de Dormeur. Il ne donnait toujours aucun signe indiquant qu'il avait remarqué notre présence. Jack égrenait les noms des personnes qui avaient douté de lui, et la liste était longue : ses parents l'avaient apparemment traîné chez un tas de spécialistes pour le guérir de son délire.

Pauvre petit bonhomme. Il n'avait pas compris que le don que nous avions en partage était une chose... eh bien dont on ne parlait pas. À son âge, je l'avais pigé depuis longtemps. J'ai soupiré : manifestement, c'était attendre trop de la vie qu'espérer un été normal. Entendez par là : un été sans incidents paranormaux. Les quinze précédents n'en avaient pas été dépourvus, pourquoi celui-ci aurait-il été différent, après tout ?

J'ai posé ma main sur ses épaules secouées de spasmes.

— Tu viens de voir ce jardinier, n'est-ce pas ?

Jack a tourné vers moi un visage inondé de larmes. Il me regardait avec effarement.

— Tu... tu l'as vu aussi ?

— Oui. C'était Jorge. Il travaillait ici. Il est mort il y a quelques jours d'une crise cardiaque.

— Mais comment... Enfin, c'est... c'est un fantôme.

— En effet, et il a sans doute besoin de nous. Il est parti très précipitamment, tu sais, et il a peut-être quelques affaires à... régler. Il s'est manifesté pour nous demander notre aide.

— C'est… c'est pour cette raison qu'ils viennent me trouver ? Pour que je les aide ?

— Mais oui. Pour quelle autre raison le feraient-ils ?

— Je ne sais pas… pour me tuer ?

Sa lèvre inférieure s'était remise à trembler. J'ai eu du mal à retenir un sourire.

— Non, Jack, ce n'est pas l'intention des revenants.

Il était encore trop jeune pour s'être fait des ennemis mortels. Contrairement à moi.

— Ils t'apparaissent parce que tu es un mediator, comme moi.

— Un… un quoi ?

Nom de Dieu ! Pourquoi ça tombait sur moi ? Comme si ma vie n'était pas assez compliquée comme ça, je devais en prime jouer les Obi Wan Kenobi avec ce gamin ? Est-ce que je pourrais un jour vivre comme une adolescente normale, avec des occupations normales, comme aller à des soirées, traîner sur la plage et… avoir un copain ? Si le type me plaisait, en plus, ce serait top… Enfin, de toute façon, je n'en vois aucun à l'horizon, il n'y a que des fantômes. La plupart d'entre eux réclament mon aide pour mettre de l'ordre dans le bazar qu'ils ont laissé en partant, mais, parfois, leur seul objectif est de semer la pagaille dans la vie de ceux qu'ils ont quittés. Et généralement, au passage, dans la mienne. Je vous le demande : est-ce qu'il y a écrit Bonniche de service sur mon front ? Pourquoi suis-je toujours celle qui doit arranger les bêtises des autres ?

Parce que j'ai eu le malheur de naître sous l'étoile des mediators.

Je dois reconnaître, pourtant, que je suis mieux taillée pour l'emploi que ce pauvre Jack. J'ai aperçu mon premier fantôme à l'âge de deux ans, et, je peux vous l'assurer, ma réaction instinctive n'a pas été la peur. Non que j'aie été capable d'aider la pauvre âme en souffrance qui m'avait contactée. Mais, au moins, je n'ai pas hurlé ni pris mes jambes à mon cou. Ce n'est que plus tard, après le décès de mon père – qui est mort quand j'avais six ans –, lorsqu'il est revenu me voir et m'a tout expliqué, que j'ai commencé à comprendre de quoi il retournait vraiment. Cependant, j'avais déjà pigé que ce n'était pas une bonne idée de partager mes visions avec le commun des mortels, si je n'avais pas envie de finir au neuvième étage de l'hôpital Bellevue, où l'on met les maboules à New York.

Jack n'était apparemment pas né avec le même instinct de conservation. Il avait raconté cette histoire de fantômes à qui voulait bien l'entendre.

Moralité, ses pauvres parents ne voulaient plus rien avoir à faire avec lui. Et j'aurais parié que les enfants de son âge se figuraient qu'il mentait pour attirer l'attention et le rejetaient aussi. À mon avis, celui qui distribue les badges de mediator devrait avoir davantage de discernement et s'assurer que les petits veinards qui en écopent sont à la hauteur de la tâche. Je me plains peut-être souvent des conséquences désastreuses de ma fonction sur ma vie sociale, mais je suis parfaitement à la hauteur de la tâche…

Enfin, à un détail près. Mais je déploie beaucoup d'efforts pour éviter de penser à ce détail. Pour éviter de penser à lui…

— Un mediator, ai-je expliqué à Jack, c'est quelqu'un qui porte secours aux morts pour leur permettre d'aller de l'avant, de rejoindre leur demeure dans l'au-delà.

Quel que soit cet endroit, aurais-je pu ajouter, mais je ne tenais pas à entamer une discussion métaphysique avec ce gosse. Il n'avait que huit ans, après tout.

— Tu veux dire que je suis censé les aider à aller au paradis ?

— Oui, c'est ça.

À supposer qu'il y en ait un…

— Mais… je n'y connais rien, moi.

— Ce n'est pas nécessaire.

Je réfléchissais à la meilleure façon de lui expliquer, quand j'ai pensé qu'un exemple concret vaudrait tous les discours. C'est ce que M. Walden, mon prof d'anglais l'an dernier, nous répétait toujours.

— Viens, ai-je dit en le prenant par la main. Regarde comment je m'y prends.

Jack m'a aussitôt opposé une résistance.

— Non, non, je n'ai pas envie.

— Allez, ai-je insisté en le tirant par le bras, Jorge ne te fera aucun mal. Il est sympa. On va simplement lui demander ce qu'il veut.

J'ai presque dû le porter, mais j'ai réussi à ramener Jack à l'endroit où nous avions aperçu le jardinier. Il est réapparu quelques secondes plus tard, et après avoir échangé des politesses nous avons parlé affaires. Ce n'était pas très commode, vu que l'anglais de Jorge est à peu près aussi bon que mon espagnol – qui est très mauvais –, mais j'ai fini par comprendre ce qui retenait Jorge ici-bas : sa sœur s'était approprié un chapelet que leur mère voulait léguer à l'aîné de ses petits-enfants, la fille de Jorge.

— Alors voilà, ai-je expliqué à Jack en l'entraînant dans le hall de l'hôtel, nous devons faire en sorte que la sœur de Jorge, Marisol, rende le chapelet à sa nièce, Teresa. Sinon, le jardinier ne connaîtra jamais le repos éternel et il restera dans le coin pour nous pourrir la vie. Pigé ?

Jack m'a suivie comme un zombie dans une des cabines téléphoniques en acajou de l'hôtel. Après avoir soigneusement refermé la porte vitrée derrière nous, j'ai introduit une pièce de vingt-cinq cents dans la fente.

— Ouvre bien grand tes oreilles, petit scarabée.

C'était une illustration parfaite de ce que je suis amenée à faire presque quotidiennement. J'ai appelé les renseignements pour obtenir le numéro de téléphone de l'accusée, puis je l'ai contactée. Lorsqu'elle a décroché, je me suis assurée qu'elle parlait suffisamment bien anglais pour me comprendre, et je l'ai informée de ce que je savais, sans user d'aucune exagération. En règle générale, il est inutile d'en rajouter : le simple fait d'avoir reçu la visite d'un défunt et d'être en possession d'informations que lui seul détient est suffisamment convaincante. À la fin de notre conversation, Marisol m'a promis qu'elle remettrait, le jour même, le chapelet à Teresa. Je l'ai remerciée et j'ai raccroché. Mission accomplie.

— Si elle ne tient pas parole, ai-je expliqué à Jack, nous aurons des nouvelles de Jorge et nous devrons utiliser une méthode plus persuasive. Mais comme elle avait l'air terrorisée, je parie qu'elle ne se défilera pas.

— C'est tout ? C'est tout ce qu'il y avait à faire ? Convaincre sa sœur de rendre le collier ?

— Le chapelet. Oui, c'est tout.

Inutile de lui préciser que c'était un cas particulièrement simple. Il est rare qu'un coup de fil suffise. Il faut souvent jouer des poings. Récemment, j'avais d'ailleurs eu plusieurs côtes cassées au cours d'une bagarre avec une bande d'ectoplasmes qui n'appréciaient pas mes efforts pour les aider et j'avais fini à l'hôpital. Mais Jack aurait bien le temps de découvrir que tous les morts n'étaient pas comme Jorge. C'était son anniversaire, après tout !

J'ai ouvert la porte de la cabine téléphonique et j'ai lancé :

— Maintenant, allons nager !

Jack était tellement abasourdi par ce qu'il venait de découvrir qu'il n'a même pas protesté. Il avait encore des questions, bien sûr… auxquelles j'ai répondu avec autant de patience et d'application que possible. Entre deux explications, j'ai réussi à lui apprendre la brasse. Je ne voudrais pas passer pour prétentieuse, mais sous l'effet conjugué de mes enseignements et de ma présence apaisante, à la fin de la journée, Jack Slater se comportait – et nageait – comme tous les enfants de huit ans.

Je ne plaisante pas. Le petit gars s'était illuminé. Il *riait* même. Comme si, en découvrant qu'il n'avait rien à craindre des fantômes qui lui avaient pourri l'existence jusqu'à présent, il n'avait plus peur de… rien. Il ne lui avait pas fallu longtemps pour courir tout autour de la piscine et faire des plongeons dans l'eau, éclaboussant au passage les femmes de chirurgiens occupées à bronzer. Comme n'importe quel mioche de son âge. Il avait même engagé la conversation avec les enfants gardés par une de mes collègues, Kim. Lorsque l'un d'entre eux l'avait aspergé au visage, au lieu d'éclater en sanglots, comme il n'aurait pas manqué de le faire la veille, Jack l'avait arrosé à son tour.

— Mon Dieu, Suze, qu'est-ce que tu as fabriqué avec Jack Slater ? m'a demandé Kim. On dirait presque qu'il est… normal.

Je me suis efforcée de rester modeste.

— Oh, tu sais, je lui ai simplement appris à nager. J'imagine que ça lui a donné confiance en lui.

Kim a observé Jack : il venait, avec un autre garçon, de sauter au milieu d'un groupe de filles, qui hurlaient et tentaient de les frapper à l'aide de leurs planches.

— Je te jure, Suze, j'ai du mal à croire qu'il s'agit du même gosse.

La famille Slater a eu la même réaction. J'apprenais le dos crawlé à Jack lorsque j'ai entendu un sifflement à l'autre extrémité du bassin. J'ai relevé la tête et aperçu Paul, qui ressemblait à Pete Sampras dans sa tenue blanche, sa raquette de tennis à la main.

— Qui aurait pensé ça ? Mon frère dans une piscine ! Et il a l'air de s'amuser en plus !

— Paul ! Regarde ! Regarde ! s'est écrié son petit frère.

Jack fonçait dans sa direction. Je ne dirai pas qu'il nageait un crawl très orthodoxe, mais l'imitation n'était pas mauvaise.

Paul s'est accroupi pour enfoncer d'un geste taquin la tête de son frangin dans l'eau.

— Félicitations, champion ! Je n'aurais jamais cru que je verrais le jour où tu n'aurais plus peur de te mouiller les cheveux.

Le visage illuminé par un large sourire, Jack répondit :

— Regarde-moi dans l'autre sens !

Je confirme : ses mouvements n'étaient pas élégants, mais il flottait. Au lieu d'admirer ses progrès, Paul s'est tourné vers moi.

— Comment as-tu réussi ce miracle ?

J'ignorais si Paul était au courant du don de son frère et si, comme ses parents, il considérait que c'était un délire. J'avais essayé de convaincre Jack que moins il en parlait, mieux c'était. Mais j'avais oublié de mentionner Paul.

— Je lui ai seulement appris les bases, ai-je dit en chassant quelques mèches mouillées de mon visage.

Je ne mentirai pas en prétendant que j'avais honte qu'un beau gosse comme Paul me voie en maillot de bain. Je suis bien plus à mon avantage dans le une pièce bleu marine réglementaire que dans le short ridicule qui l'accompagne. Et je porte toujours du mascara waterproof. Je ne suis pas idiote, quand même.

— Mes parents essaient de le faire nager depuis six ans, et toi, tu y parviens en un jour ?

— Je sais me montrer persuasive, lui ai-je rétorqué en souriant.

D'accord, c'est vrai, je flirtais. Et alors ? J'avais bien mérité le droit de m'amuser un peu.

— Tu es vraiment capable d'accomplir des miracles. Joins-toi à nous, ce soir, pour le dîner.

Tout à coup, le petit jeu de séduction ne m'amusait plus.

— Oh, non, merci.

— Allez…

Je dois admettre qu'il était particulièrement beau dans sa tenue blanche, qui faisait ressortir son bronzage, alors que le soleil de fin d'après-midi mettait en valeur les reflets blonds de ses boucles châtain. Le bronzage n'était pas la seule chose qui distinguait Paul du garçon de ma vie : il avait un cœur qui battait, lui…

— Pourquoi ? a-t-il insisté en s'agenouillant et en posant un bras caramel sur une cuisse de la même couleur. Mes parents seraient enchantés. Et mon frère ne peut pas se passer de toi. On va au Grill, en plus. On ne refuse pas une invitation au Grill !

— Je suis désolée, c'est vraiment impossible. Le règlement de l'hôtel me l'interdit. Les employés ne sont pas autorisés à fréquenter les clients.

— Il s'agit seulement de manger. Allez, fais plaisir au petit pour son anniversaire.

— Je ne peux pas, vraiment, je dois y aller. Désolée.

J'ai rejoint Jack à la nage et je l'ai aidé à grimper sur une pile de planches qu'il avait réunies dans un coin, tout en feignant de ne pas entendre Paul qui insistait. Écoutez, je sais très bien ce que vous pensez. Vous vous dites que j'ai décliné l'invitation pour éviter le remake de *Dirty Dancing* ? Une romance estivale dans un grand hôtel, où les rôles auraient été inversés : la pauvre contrainte de travailler et le fils du riche docteur. Ce n'était pas du tout le cas. Enfin, pas vraiment. Primo, je ne suis pas pauvre. Je gagne dix dollars par heure, plus les pourboires. Secundo, ma mère est une des présentatrices vedettes du JT et mon beau-père a sa propre émission. Il ne s'agit peut-être que du JT local, et l'émission d'Andy est diffusée sur le câble, mais quand même. On a une maison dans les beaux quartiers. Je vous l'accorde, c'est un ancien hôtel des années 1850 converti en habitation, mais nous avons chacun notre chambre, et nous possédons trois voitures en état de marche. On ne peut pas dire qu'on soit à plaindre. Et il n'y a aucun règlement interdisant aux employés de frayer avec les clients de l'hôtel.

Ce que Kim s'est sentie obligée de me faire remarquer quelques minutes plus tard.

— Qu'est-ce qui t'arrive, Suze ? Ce type te drague, et tu le bombardes en plein vol. Je n'ai jamais vu quelqu'un abattre un prétendant aussi vite.

— J'ai… euh… d'autres projets pour ce soir.

— Pas avec moi, Suze. Tu n'as rien de prévu. À quoi rimait cette attaque éclair ?

Je ne connaissais pas Kim avant de travailler ici

– elle est inscrite au lycée public de Carmel, où, d'après ma mère, sévissent drogués et violeurs –, mais nous sommes rapidement devenues copines, en grande partie parce que nous déplorions toutes deux d'avoir à commencer aussi tôt le matin.

— Je ne sais pas vraiment. Il a l'air sympa, seulement… il y a quelqu'un d'autre.

Elle a haussé les sourcils. Il y a un petit trou dans l'un d'eux, à l'endroit où elle porte habituellement un piercing en or, que Caitlin la forçait à retirer chaque matin.

— Raconte, a-t-elle ordonné.

Involontairement, j'ai jeté un regard en direction de Dormeur, qui somnolait toujours dans sa chaise. Kim a poussé un cri.

— Beurk ! Lui ? Mais c'est ton…

— Non ! pas lui ! Mon Dieu ! Seulement… Écoute, il y a quelqu'un d'autre, c'est tout. Je préfère ne pas en parler.

— Ah, un secret ! J'adore ! Il est à l'Académie avec toi ? Non ? Au lycée Robert Louis Stevenson ? Non ?

Kim a froncé le nez avant de reprendre.

— Je ne le connais pas, si ?

— Il ne va pas au lycée, ai-je soupiré. Écoute, Kim, j'aimerais autant…

— Oh, mon Dieu ! Il est à la fac ! Petit coquine.

Ma mère me tuerait si elle apprenait que je sortais avec un type de l'université…

Je me sentais rougir, j'ai donc rétorqué un peu sèchement :

— Il n'est pas non plus à la fac. C'est compliqué, et je n'ai aucune envie d'en discuter.

— Ah bon, désolée… Mais il est plus vieux, non ? Beaucoup plus vieux ? Ce n'est pas grave, tu sais. Je suis sortie avec un type de dix-huit ans quand j'avais quatorze ans. Ma mère n'était pas au courant. Tu vois, je suis capable de comprendre.

— Je n'en serais pas si certaine…

— Mince ! Quel âge a-t-il ?

J'ai failli lui répondre : *Environ 150 ans.* Mais, évidemment, je ne l'ai pas fait. Au lieu de ça, j'ai dit à Jack qu'il était l'heure de rentrer, qu'il devait prendre un bain avant le dîner.

— La vache, il est si vieux que ça ?

Eh oui, malheureusement. Si vieux.

3

Je ne sais pas vraiment comment c'est arrivé. J'avais pris mes précautions, pourtant, pour ne pas tomber amoureuse de Jesse. Et je faisais plutôt du bon boulot : je sortais, je rencontrais des nouvelles têtes. Autrement dit je suivais à la lettre les conseils de *Biba*. Je ne restais pas enfermée chez moi à me lamenter sur un amour impossible.

D'accord, je l'admets, la plupart des types que j'avais fréquentés depuis que je m'étais installée en Californie étaient soit poursuivis par des tueurs psychopathes, soit eux-mêmes des tueurs psychopathes. Mais ce n'était pas une raison pour tomber amoureuse d'un fantôme. Vraiment pas. Pourtant, c'est ce qui s'est passé.

Je peux vous dire à quel moment précis j'ai su que j'avais perdu la bataille. J'étais à l'hôpital, où j'avais été envoyée par les fantômes que j'ai déjà mentionnés, quand Jesse s'est matérialisé dans ma chambre (c'est l'avantage de sa condition, il peut apparaître où il veut) pour me souhaiter un bon rétablissement. Il m'a touché la joue, qui devait être la seule partie de mon corps à ne pas être couverte de bleus. Rien de plus. Vous vous dites : tout ça pour ça, pas de quoi s'évanouir. C'est pourtant ce qui s'est produit. Pas littéralement, non : je n'ai pas eu besoin qu'on agite des sels sous mes narines, Dieu soit loué. Mais j'étais cuite. Brûlée. Carbonisée.

Je me targue de réussir à cacher mes sentiments. Je suis certaine que Jesse ne se doute de rien. Je le traite toujours comme s'il n'était rien d'autre... qu'un colocataire irritant qui ne mérite pas qu'on perde du temps.

Je n'en ai parlé à personne. D'ailleurs, personne – à l'exception de Père Dominic et de mon plus jeune demi-frère, Doc – n'est au courant de l'existence de Jesse. Enfin, mince, le fantôme d'un type mort il y a cent cinquante ans vit dans ma chambre ! Si j'en avais parlé à quelqu'un, j'aurais atterri chez les dingos en moins de temps qu'il n'en faut pour le dire. N'empêche que la sensation est bel et bien là. Ce n'est pas parce que je n'en ai parlé à personne, que ça n'existe pas, que ça ne m'obsède pas, comme une chanson qu'on n'arrive pas à se sortir de la tête. Et, je dois bien le reconnaître, l'idée de sortir avec d'autres garçons me semble… vaine.

Voilà pourquoi je n'ai pas saisi au vol la proposition de Paul Slater (d'autant que, si vous voulez mon avis, un dîner avec ses parents et son petit frère ne s'apparente pas vraiment à un rendez-vous). J'ai préféré rentrer manger chez moi. Dans la famille Ackerman, le repas du soir a toujours été une affaire d'État… jusqu'à ce qu'Andy entreprenne d'installer un jacuzzi. Depuis, il a sérieusement revu à la baisse ses exigences dans le domaine culinaire. Ma mère n'ayant aucun don pour la cuisine, nous n'avons jamais autant fait appel aux services de livraison. J'ai cru que nous avions atteint le fond, la veille, quand nous avons commandé des pizzas dans le rade où Dormeur officie le soir en tant que livreur. J'ignorais, alors, que le lendemain je trouverais sur la table une énorme boîte rouge et blanche contenant des beignets de poulet.

— Ne commence pas, m'a immédiatement lancé ma mère en me voyant arriver.

— J'imagine que si on enlève la pâte frite, ce n'est pas si mauvais pour la santé.

— Donne-la-moi, a proposé Stone en gobant des frites congelées, je la mangerai.

J'ai accepté à contrecœur son offre et j'ai avalé mes morceaux de poulet en pensant à autre chose. Soudain, la boîte métallique du matin m'est revenue en mémoire.

— Qu'est-ce qu'il y avait dans la boîte que vous avez déterrée, alors ?

— Rien que des vieilles lettres, a répondu Stone avec une grimace.

Andy a considéré son fils avec consternation. À la vérité, je crois qu'il est en train de réaliser ce que je sais depuis le début : Stone est un débile profond.

— Il ne s'agit pas seulement de vieilles lettres, Brad. Elles remontent à l'époque de la construction de cette maison, dans les années 1850. Elles sont en très mauvais état. Je pensais les apporter à la société historique, ils seront peut-être contents de les récupérer en dépit de leur état. À moins que Père Dominic ne soit intéressé…, a-t-il ajouté en se tournant vers moi. Il est passionné d'histoire, non ?

La passion de Père Dominic a une explication toute simple : étant, comme moi, un mediator, il a la fâcheuse tendance de croiser des gens qui ont assisté à des événements historiques, comme Fort Alamo ou la guerre de Sécession.

— Je lui passerai un coup de fil, ai-je proposé

en laissant malencontreusement tomber sur mes genoux un morceau de poulet, que Max, l'énorme chien de la famille, a aussitôt englouti.

Ce n'est qu'en entendant Stone ricaner que j'ai compris mon erreur. N'ayant jamais été une adolescente comme les autres, j'ai parfois du mal à jouer ce rôle. Apparemment, il n'est pas d'usage de téléphoner à son proviseur pour ce genre de chose. J'ai fusillé mon demi-frère du regard.

— J'avais l'intention de l'appeler de toute façon. Pour savoir ce que je dois faire du restant de l'argent de notre sortie scolaire.

— Donne-le-moi, a proposé Dormeur.

Pourquoi ma mère a-t-elle choisi une famille de petits rigolos ?

— Je pourrai les voir ? ai-je demandé en ignorant volontairement les deux garçons.

— Voir quoi, trésor ? a répondu Andy.

L'espace d'un instant, j'en ai oublié l'objet de ma demande. C'était la première fois qu'Andy m'appelait « trésor ». Qu'est-ce qui lui prenait ? Je suis désolée, mais j'ai déjà un père, même s'il est mort. D'ailleurs, il me rend visite de temps à autre.

— Je pense qu'elle parle des lettres, est intervenue ma mère, qui n'avait apparemment pas relevé l'étrange façon de parler de son mari.

— Bien sûr, elles sont dans notre chambre.

C'est l'endroit de la maison que j'évite au maximum. Pour être honnête, cette pièce me dégoûte un peu. Bien sûr, je suis contente que ma mère soit enfin heureuse, après dix années de deuil ; pour autant, je n'ai pas envie de la voir au lit avec son nouveau mari en train de regarder la télé. Pourtant, après le dîner, j'y suis allée. Ma mère se démaquillait devant sa coiffeuse. Elle se couche toujours très tôt parce qu'elle s'occupe des infos du matin.

— Oh, chérie, les lettres sont là.

J'ai regardé dans la direction qu'elle m'indiquait, sur le dessus de la commode d'Andy, et j'ai aperçu la fameuse boîte en métal au milieu d'un fatras de trucs de garçon : pièces de monnaie, allumettes et facturettes. Andy avait entrepris de nettoyer la boîte, et il avait bien bossé. On pouvait presque lire ce qui était écrit dessus. Et laissez-moi vous dire que ça n'avait rien de politiquement correct. *Essayez les nouveaux cigares Peaux Rouges !* Le slogan était accompagné d'une image d'un Indien tenant fièrement une poignée de cigares à la place d'un arc. *Leur arôme délicieux ravira les fumeurs les plus exigeants. À l'instar de tous nos produits, la qualité est garantie.* Et voilà. Aucun avertissement pour informer que « Fumer tue » ou que cela représente un danger pour les fétus. Malgré tout, j'étais surprise de constater que la publicité d'avant la télévision, et même la radio, n'était pas si différente de celle que nous connaissons aujourd'hui.

J'ai trouvé les lettres à l'intérieur. Andy n'avait pas exagéré, elles étaient en mauvais état. Le papier était tellement jauni qu'on ne pouvait pas séparer les feuilles sans risquer de les abîmer. Elles étaient liées ensemble par un ruban en soie, qui avait viré au marron sale. Il devait y avoir cinq ou six lettres en tout. Je pourrais pas vous dire ce que je m'attendais à découvrir en prenant la première. J'imagine qu'une part de moi savait depuis le début ce que j'allais y trouver. Quoi qu'il soit, quand, après l'avoir soigneusement dépliée, j'ai lu les mots *Cher Hector*, j'ai eu le sentiment de recevoir un coup de poignard dans le dos. Je me suis affalée dans l'un des fauteuils placés devant la cheminée, les yeux rivés sur les pages jaunies.

Ces lettres étaient adressées à Jesse.

— Suze ? Ça va ?

Ma mère, qui était en train de s'étaler de la crème sur le visage, me regardait d'un air inquiet.

— Oui, ai-je répondu d'une voix étranglée. Est-ce que… est-ce que je peux rester une minute, le temps de lire ces pages ?

— Naturellement. Tu es sûre que tout va bien ? Tu es un peu pâle.

— Oui, oui, tout va très bien.

Cher Hector... disait la première lettre, datée du 8 mai 1850. L'écriture était magnifique – avec des pleins et des déliés, comme ceux de Sœur Ernestine, à l'Académie. Elle était facile à déchiffrer.

1850 ! L'année où notre maison avait été construite, afin de servir de pension aux voyageurs à destination de la péninsule de Monterey. L'année, aussi – je l'avais appris en faisant des recherches avec Doc – de la disparition de Jesse, ou Hector (c'est son vrai prénom... Hector !). Il avait été assassiné dans cette maison... plus précisément dans ma chambre, au premier. Ce qui explique que depuis cent cinquante ans il traîne dans les parages en attendant...

En attendant quoi, d'ailleurs ?

En attendant ta venue, a chuchoté une petite voix à l'arrière de mon crâne. Jesse avait besoin qu'un mediator trouve ces lettres et venge sa mort afin de pouvoir aller là où on est censé aller quand on est mort. Cette idée m'a donné des frissons. Littéralement. Mes mains sont devenues moites, alors qu'il faisait frais dans la chambre de ma mère et d'Andy grâce à l'air conditionné. Ma nuque s'est couverte de chair de poule. Je me suis forcée à lire la suite de la lettre. Si Jesse devait aller de l'avant, eh bien je n'avais pas le choix, je l'aiderais. C'est mon boulot après tout.

Sauf que je ne pouvais m'empêcher de penser à Père Dom. Quelques mois plus tôt, il m'avait confié qu'il était tombé amoureux d'un fantôme, lui aussi, quand il avait mon âge. Ça n'avait pas marché – le contraire aurait été étonnant ! –, et il était devenu curé. Vous pigez pourquoi j'étais inquiète ? *Curé.* Le traumatisme avait été tel qu'il avait rejoint les ordres. Franchement, je ne vois pas comment je pourrais devenir bonne sœur. Primo, je ne suis même pas catholique. Secundo, je ne suis pas à mon avantage avec les cheveux tirés en arrière. C'est d'ailleurs pour cette raison que j'évite les queues de cheval et les bandeaux.

Arrête ! Arrête ça tout de suite et lis ! me suis-je ordonné.

La lettre provenait d'une certaine Maria. Je ne sais pas grand-chose de la vie de Jesse avant sa mort – ce n'est pas son sujet de conversation préféré –, mais je sais que la fille qu'il s'apprêtait à épouser quand il a disparu s'appelait Maria de Silva. C'était sa cousine. J'avais vu sa photo dans un livre. Elle était plutôt sexy. Enfin pour une fille avec une robe à crinoline qui vivait avant l'invention de la chirurgie esthétique et des produits de beauté. Ce qu'elle écrivait laissait penser qu'elle en avait conscience. Sa lettre décrivait les fêtes où elle avait été, et les commentaires que sa nouvelle coiffe avait suscités. Sa coiffe, bon sang de bonsoir. Je vous jure, c'était comme lire une lettre de Kelly Prescott, sauf qu'il y avait des *çà et là* et des *las* toutes les deux lignes. Et aucune mention de Justin Timberlake. Beaucoup de mots étaient mal orthographiés. Maria avait beau être canon, elle n'avait pas dû remporter beaucoup de concours d'orthographe dans son enfance.

Surtout, je ne voyais pas comment la fille qui avait écrit ces lettres pouvait avoir envoyé des tueurs à son fiancé. Apparemment, Maria ne voulait pas épouser Jesse. Son père avait arrangé les noces, alors qu'elle était amoureuse d'un autre type, un certain Felix, trafiquant d'esclaves. Un homme très charmant, donc. Que je soupçonnais fortement d'avoir tué Jesse. Non que ce dernier ait jamais fait la moindre allusion à ce sujet – ni à son passé, d'ailleurs. Il a toujours gardé un silence absolu sur sa mort. Heureusement que Doc a dégoté un bouquin sur l'histoire du comté de Salinas à la bibliothèque. Comme Jesse refuse de coopérer, j'ai du mal à saisir comment je peux l'aider.

La dernière lettre était tout aussi niaise que les précédentes. Rien, absolument rien n'indiquait que Maria avait commis le moindre crime… si ce n'est, peut-être, qu'elle était parfaitement incapable d'épeler le mot « fiancé ». Mais franchement, est-ce qu'on va en prison pour ça ?

J'ai soigneusement replié les feuilles avant de les replacer dans la boîte. Les seules informations dont je disposais concernaient la tenue de Maria de Silva lors d'une soirée de l'ambassadeur d'Espagne. La belle affaire ! Pourquoi quelqu'un avait-il enfermé des lettres aussi anodines dans une boîte à cigares avant de les enterrer ? C'était absurde.

— C'est intéressant, non ? a lancé ma mère quand je me suis relevée.

J'ai fait un bond : j'avais oublié sa présence. Elle était au lit maintenant et lisait un livre qui expliquait comment gérer son temps au mieux.

— Oui, ai-je répondu en reposant les lettres sur la commode d'Andy, très intéressant. Je suis vraiment contente de savoir ce que le fils de l'ambassadeur a dit en découvrant Maria de Silva dans sa nouvelle robe de bal en tulle argenté.

Ma mère m'a jeté un regard interrogateur par-dessus la monture de ses loupes de lecture.

— Ah, alors son nom de famille est mentionné

quelque part. Nous nous sommes interrogés à ce sujet avec Andy, et nous ne l'avons pas trouvé. De Silva, dis-tu ?

— Euh… Non… En fait, il n'apparaît pas, mais Doc et moi… je veux dire David, David m'a parlé de cette famille de Silva, qui vivait à Salinas à cette époque. Il y avait une fille qui s'appelait Maria, et j'ai pensé…

J'ai laissé la fin de ma phrase en suspens : Andy venait d'entrer.

— Tiens, Suze… Alors, tu as vu les lettres ? Chouettes, non ?

Chouettes ? Oh, mon Dieu ! Chouettes !

— Oui… Je dois y aller, bonne nuit !

Impossible de rester une minute de plus. J'ignore comment font les gamins qui ont essuyé plusieurs remariages. C'est vrai, c'est mon premier, et mon beau-père est un homme tout à fait charmant. N'empêche, c'est trop bizarre.

Si je pensais être au calme dans ma chambre pour réfléchir à ce que je venais de lire, j'avais tout faux. Jesse était assis sur la banquette devant ma fenêtre. Et, comme à son habitude, il était incroyablement séduisant avec sa chemise blanche ouverte sur son torse et son pantalon de torero noir (eh, ce n'est pas comme si on pouvait changer de vêtements dans l'au-delà !). Ses cheveux foncés tombaient en boucles sur sa nuque, et ses pupilles aussi noires qu'une mer d'encre brillaient sous des sourcils sombres. L'un d'entre eux était barré d'une petite cicatrice… Bien des fois – plus souvent que je ne voudrais le reconnaître, d'ailleurs –, j'ai rêvé de la caresser du bout du doigt, cette cicatrice. Il a relevé la tête dès que je suis entrée – Paillasson était sur ses genoux – et a lancé :

— Ce livre est très difficile.

Il lisait le roman de David Morrell qui a inspiré Rambo.

— Si Sylvester Stallone a réussi à le comprendre, je suis sûre que tu en es capable.

— Marx avait prédit que les contradictions et faiblesses de la structure capitaliste déboucheraient sur d'énormes crises économiques et accroîtraient la pauvreté de la classe ouvrière, qui finirait par se révolter et prendre le contrôle des moyens de production… C'est exactement ce qui s'est produit au Vietnam. Pour quelle raison le gouvernement américain s'est-il senti autorisé à intervenir dans le conflit de cette nation en plein essor ? Le peuple était simplement à la recherche d'une justice économique.

Non, mais je vous le demande : est-ce anormal d'avoir envie de se détendre après une journée de travail harassante ? Parce que non seulement je venais de me cogner des lettres adressées à l'amour de ma vie par sa fiancée qui, si je ne m'abuse, l'a fait zigouiller il y a cent cinquante ans, mais je devrais en prime expliquer les causes de la guerre du Vietnam. Il va falloir que je pense à planquer mes livres de cours. Il ne pourrait pas simplement regarder la télé, comme n'importe qui ?

Je me suis laissée tomber sur mon lit tête la première. Je portais toujours, précision fort utile, l'horrible short de l'hôtel. Pourtant, je me fichais complètement de ce que Jesse pensait de la taille de mon popotin à cet instant précis. Ça devait se voir. Pas mon arrière-train, mais mon ras-le-bol quant au tour que prenait mon été.

— Tu vas bien ?

— Oui, ai-je répondu, le visage enfoui dans l'oreiller.

— Tu n'as pas l'air très en forme, a-t-il repris au bout d'une minute. Tu es sûre qu'il n'y a pas de problème ?

Si, il y avait un problème ! Je venais de passer vingt minutes à lire la correspondance de son ex-fiancée qui, si je pouvais me permettre, semblait particulièrement enquiquinante. Comment avait-il pu être assez bête pour accepter de l'épouser ? De les épouser, elle et sa stupide coiffe ? Seulement, comme je ne voulais pas que Jesse sache que j'avais lu son courrier, je n'ai rien dit. Nous sommes, en quelque sorte, des colocataires, et il y a certaines règles. Par exemple, Jesse a la délicatesse de disparaître quand je me déshabille ou que je me lave. Et je veille à ce que Paillasson ait toujours une gamelle pleine et une litière propre. Contrairement aux animaux normaux, ce chat-là préfère la compagnie des fantômes à celle des humains. Il me tolère uniquement parce que je le nourris. Bien sûr, Jesse ne s'est pas gêné pour se matérialiser sur la banquette arrière d'une voiture dans laquelle je me trouvais avec un garçon. Un garçon qui était en train de m'embrasser. Mais il ne lirait jamais mon courrier. J'en reçois très peu d'ailleurs, à part les lettres de ma meilleure amie, Gina, qui habite à Brooklyn. Je me sens un peu coupable d'avoir lu le sien, même s'il est vieux de plus d'un siècle.

Ce qui me surprend, c'est que Jesse, qui, après tout, est un fantôme et peut se rendre où il veut sans être vu – sauf par moi et Père Dom, bien sûr, et sans doute Jack –, ne soit pas au courant pour ces fameuses lettres. On dirait qu'il ignore qu'elles ont été déterrées et que je viens d'en prendre connaissance. En même temps, *Rambo* est une lecture passionnante.

Au lieu de m'épancher – sur mon indiscrétion

et mon amour impossible pour lui –, je me suis contentée de répondre :

— J'ai rencontré un autre mediator aujourd'hui, je dois encore être sous le coup de la surprise.

J'ai roulé sur le dos et je lui ai tout raconté. Il a semblé très intéressé et m'a conseillé d'appeler Père Dom pour lui annoncer la nouvelle. J'avais surtout envie de lui parler des lettres, mais c'était impossible tant que Jesse était là. J'ai quand même décroché le téléphone, mais ce n'est pas Père Dom qui a répondu. Une femme se trouvait à l'autre bout du fil. Ma première réaction a été de flipper, et de me dire que Père Dominic avait une maîtresse, puis je me suis rappelé qu'il vivait dans un presbytère avec d'autres personnes.

— Le père Dominic est là ? ai-je demandé en espérant que j'étais tombée sur une novice qui irait le chercher en s'abstenant de tout commentaire.

Mes prières n'ont pas été entendues. C'était Sœur Ernestine, la proviseur adjointe de mon lycée. Naturellement, elle avait reconnu ma voix.

— Susannah Simon, qu'est-ce qui vous prend d'appeler le père Dominic à cette heure ? Il est près de dix heures, jeune fille !

— Je sais, seulement…

— De toute façon, le père Dominic n'est pas là, il est en retraite.

— En retraite ?

Je l'ai imaginé assis près d'un feu de camp avec ses congénères en train de chanter *Jésus, reviens*. Probablement chaussé d'une paire de sandales. Puis je me suis souvenue qu'il était parti en séminaire avec les proviseurs d'autres lycées catholiques. Il m'avait même donné son numéro de téléphone sur place, en cas d'urgence ectoplasmique. Je ne considérais pas que la découverte d'un nouveau mediator en était une... même si Père Dominic aurait sans doute été d'un avis différent. J'ai donc remercié Sœur Ernestine, me suis excusée pour le dérangement et ai raccroché.

— Je n'ai pas compris où était le père Dominic, a lancé Jesse.

Tout le temps qu'a duré mon explication, j'ai repensé à la façon dont il avait touché mon visage à l'hôpital, et je me suis demandé si c'était seulement parce qu'il éprouvait de la compassion pour moi ou s'il avait des sentiments pour moi (autres que simplement amicaux, s'entend). Il est tellement magnifique qu'on dirait une star de cinéma. Il a même de belles dents, ce qui pour un type né avant l'invention du fluor est un tour de force. S'il y avait des garçons à l'Académie qui lui arrivaient ne serait-ce qu'à la cheville, je n'aurais pas autant l'impression de perdre mon temps quand je vais en cours. Mais à quoi bon vivre avec un apollon, qui est aussi un fantôme ? Je suis la seule à le voir. Je ne pourrais même pas le présenter à ma mère, ni l'emmener au bal de promo, ni l'épouser ou… Nous n'avons aucun avenir ensemble.

Je dois me fourrer ça dans le ciboulot, et c'est parfois très, très difficile. Surtout lorsqu'il est d'humeur à éclater de rire dès que j'ouvre la bouche. J'ai rencontré Jesse dès mon arrivée en Californie, et il est rapidement devenu mon premier véritable ami. Il a toujours été là quand j'avais besoin de lui, ce que je ne peux pas dire de beaucoup de monde. Et si je devais choisir la personne avec laquelle j'aimerais être coincée sur une île déserte, ce serait lui sans hésitation.

Voilà à quoi je pensais en lui expliquant ce qu'était une retraite. J'y pensais encore en lui racontant ce que je savais de la guerre du Vietnam, de la chute du communisme dans l'ex-URSS, puis en me lavant les dents et en me préparant à aller au lit. J'y pensais toujours en lui souhaitant bonne nuit et en éteignant la lumière. Finalement, le seul moment où Jesse quitte mes pensées, c'est quand je dors.

Mais, cette nuit-là, il s'est rappelé à mon bon souvenir de façon brutale, quelques heures plus tard : je me suis en effet réveillée en sursaut, une main pressée sur la bouche.

Et un couteau sur la gorge.

4

En tant que mediator, je suis régulièrement tirée du sommeil sans, disons, beaucoup d'égards. Mais là, c'était carrément violent. C'est vrai, quand quelqu'un a besoin de votre aide, il s'arrange généralement pour ne pas vous mettre de mauvais poil… et évite donc de sortir un couteau. En découvrant l'identité de mon agresseur, j'ai compris que cette femme n'était probablement pas à la recherche de mon aide. Non, elle avait sans doute l'intention de me tuer. Ne me demandez pas comment je l'ai su, les mediators ont de l'instinct pour ces choses. Et la présence d'une arme blanche constitue souvent un indice.

— Écoute-moi, petite morue, a sifflé Maria de Silva.

Maria de Silva *Diego,* devrais-je dire, puisqu'à sa

mort elle était mariée à Felix Diego. Le trafiquant d'esclaves.

— Si ton père et ton frère n'arrêtent pas de creuser dans le jardin… (Mon *beau*-père et mon *demi*-frère, l'aurais-je reprise si je n'avais été bâillonnée), je te ferai regretter d'être née. Compris ?

Langage pas très châtié pour une jeune fille en crinoline. Parce que c'est ce qu'elle était : une jeune fille. Pourtant, lorsqu'elle avait passé l'arme à gauche, au début du XXe siècle, Maria de Silva avait dans les soixante-dix ans. Le fantôme qui m'avait attaqué avait environ mon âge. Ses cheveux étaient foncés, sans le moindre soupçon de gris, et tombaient en boucles anglaises autour de son visage. Apparemment, elle était dingue de bijoux. Un énorme rubis pendait à son cou au bout d'une chaîne en or – très *Titanic*, si vous voulez mon avis –, et de grosses bagues ornaient ses doigts. L'une d'entre elles s'enfonçait dans ma joue. Quand quelqu'un meurt, son fantôme ne prend pas l'aspect qu'avait son corps au moment de clamser – les films ont d'ailleurs tout faux dans ce domaine. Je n'ai jamais croisé un ectoplasme les entrailles à l'air ou décapité. Si c'était le cas, je comprendrais parfaitement que Jack ait été aussi longtemps une vraie poule mouillée. Non, le fantôme prend l'aspect du vivant au moment où il débordait le plus de vie. Dans le cas de Maria de Silva, c'était apparemment l'époque de ses seize ans. Au moins elle, elle avait pu choisir. Contrairement à Jesse qui n'avait pas eu la chance de vivre vieux. Grâce à elle.

— Ne t'avise pas de te mesurer à moi, m'a-t-elle menacée en frottant ses bagues contre ma gencive d'une façon que je ne peux que qualifier de déplaisante.

J'ignore comment elle l'avait découvert, mais j'avais l'intention de lui planter mes genoux dans les côtes. La lame pressée contre ma jugulaire a achevé de m'en dissuader.

— Tu vas t'arranger pour que ton père arrête ses travaux d'excavation, et tu vas détruire ces lettres. C'est compris, ma petite ? Et pas un mot à Hector. Me suis-je bien fait comprendre ?

Rien dans ses manières n'évoquait la Maria de Silva qui avait envoyé des lettres niaiseuses. La fille qui m'appliquait une lame sur la gorge n'était pas du genre à écrire des tartines sur sa nouvelle coiffe, si vous voyez ce que je veux dire. Je ne doutais pas une seconde que, non seulement, elle savait utiliser ce couteau, mais qu'elle n'hésiterait pas à la moindre provocation. J'ai acquiescé pour lui montrer que, vu les circonstances, j'étais toute disposée à lui obéir.

— Bien, a-t-elle dit avant de retirer sa main de ma bouche.

J'ai senti le goût du sang sur ma langue.

Elle était assise à califourchon sur moi – ce qui expliquait les cascades de dentelles qui me chatouillaient le nez –, et elle me considérait avec une mine dégoûtée.

— Quand je pense qu'on m'a conseillé d'être prudente. On m'a dit que tu avais plus d'un tour dans ton sac, mais tu n'es pas si maligne que ça, n'est-ce pas ? Tu n'es qu'une fille. Une petite fille idiote.

Elle a rejeté la tête en arrière en partant d'un énorme éclat de rire. Puis elle a disparu. Comme ça.

Dès que j'ai senti que j'étais à nouveau libre de mes mouvements, j'ai filé dans la salle de bains. J'ai allumé la lumière et je me suis regardée dans le miroir au-dessus du lavabo. Ce n'était pas un cauchemar : ma gencive saignait bien à l'endroit où Maria avait frotté ses bagues. Je me suis rincé la bouche avant de retourner dans ma chambre. J'étais dans une sorte d'état second, incapable d'analyser la situation. La fiancée de Jesse – peut-être serait-il plus pertinent de dire ex-fiancée étant donné les circonstances – venait d'apparaître et de me menacer. De s'en prendre à ma bonne vieille pomme. Il devait être quelque chose comme quatre heures du matin, pourtant, je n'étais pas au bout de mes surprises nocturnes. Quelqu'un était adossé à mon lit à baldaquin, et pas n'importe qui : Jesse. En me voyant, il s'est redressé.

— Tout va bien ? J'ai cru que… Susannah, est-ce que tu as reçu de la visite à l'instant ?

Tu veux parler de ton ex-copine ? La cinglée au couteau ? ai-je pensé. Mais j'ai répondu :

— Non.

Je vous entends d'ici : non, mon mensonge n'avait rien à voir avec la menace de Maria. Il avait à voir avec son injonction concernant les travaux d'Andy. Parce qu'elle ne pouvait avoir qu'une seule signification : il y avait quelque chose dans le jardin que Maria ne souhaitait pas qu'on découvre. Et j'avais ma petite idée sur la question. J'avais notamment le sentiment que ce qui était enterré à cet endroit pourrait expliquer la présence de Jesse dans le coin depuis aussi longtemps. Vous vous dites que j'aurais dû tout lui balancer ? C'est vrai, il avait le droit de savoir, ça le concernait directement après tout. Mais je risquais de le perdre pour toujours.

Oui, je sais, quand on aime vraiment quelqu'un, on est prêt à le laisser partir. Laissez-moi vous expliquer un truc : les vérités générales sont parfois débiles. Parce qu'une fois que j'aurai laissé

Jesse partir, il ne reviendra plus jamais. Il ne pourra tout simplement pas. Il sera au paradis, ou dans une autre vie, ou ailleurs. Et je serai forcée de me faire bonne sœur.

Bon sang ! ça craint vraiment !

— Écoute, Jesse, ai-je dit en me glissant dans mon lit et en me remontant la couverture jusqu'au menton, je suis crevée.

— Oh… bien sûr. Mais… Tu es sûre qu'il n'y avait personne ? Parce que j'aurais juré…

J'étais curieuse de savoir comment il allait finir sa phrase. *J'aurais juré avoir entendu les doux accents de ma bien-aimée d'autrefois ? J'aurais juré avoir senti son suave parfum* – qui, pour info, était à la fleur d'oranger ? Mais il n'a rien dit de tout cela. Il s'est contenté de me regarder d'un air penaud et de s'excuser avant de disparaître aussi brusquement que son ex. Je suis d'ailleurs surprise qu'ils ne soient pas tombés l'un sur l'autre dans la dimension où ils se rendent quand ils se dématérialisent.

Je ne me suis pas rendormie aussi sec. J'étais exténuée, mais je me suis répété en boucle les paroles de Maria. Pourquoi s'était-elle mise dans un état pareil ? Ces lettres ne contenaient absolument rien de compromettant. En tout cas rien n'indiquait qu'elle avait effectivement fait refroidir Jesse pour pouvoir épouser Felix. Et si ces lettres étaient si importantes, pourquoi ne les avait-elle pas tout bonnement détruites au lieu de les enterrer dans une boîte à cigares au fond de notre jardin ?

En tout cas, ses mises en garde concernant les travaux d'Andy ne pouvaient avoir qu'une seule signification : il y avait quelque chose de plus compromettant encore dans le jardin. Un cadavre, peut-être… Et je devais m'empêcher de penser à son identité.

Quand je me suis réveillée, quelques heures après avoir enfin réussi à m'endormir, j'avais acquis une certitude : je n'allais pas demander à Andy d'arrêter ses travaux (je n'avais pas la moindre chance qu'il m'obéisse, de toute façon). Et je ne détruirais pas ces lettres. Plutôt crever. J'ai même proposé à Andy de les remettre pour lui à la société historique de Carmel. Elles seraient en sûreté là-bas, au cas où Maria deviendrait menaçante. Andy a été surpris, mais pas suffisamment pour me demander ce que je trafiquais ; il était trop occupé à hurler sur Stone, qui avait creusé au mauvais endroit.

En arrivant à l'hôtel, j'ai été accueillie par le regard assassin de Caitlin.

— Je ne sais pas ce que tu as fait à Jack Slater,

mais ses parents ont demandé à t'avoir comme baby-sitter jusqu'à la fin de leur séjour, dimanche prochain.

Je ne peux pas dire que j'étais étonnée. Ni que ça m'embêtait d'ailleurs. Il y avait Paul, bien sûr, mais j'appréciais vraiment Jack depuis que je connaissais la cause de son attitude étrange. Et ce sentiment était plus que réciproque, je m'en suis rendu compte dès que j'ai posé le pied dans la suite. Plus question de se vautrer devant la télé, Jack était en maillot de bain, prêt à partir.

— Est-ce que tu peux m'apprendre le papillon, aujourd'hui, Suze ?

— Susan, m'a chuchoté sa mère en me prenant à part, avant de filer à son rendez-vous chez le coiffeur (à mon grand soulagement, Paul et son père avaient commencé un parcours de golf à 7 heures). Je ne sais pas comment te remercier des miracles que tu as accomplis avec Jack. Depuis hier, ce n'est plus le même. Je ne l'ai jamais vu aussi heureux. C'est un garçon très sensible. À l'imagination débordante. Il croit voir… des morts. Est-ce qu'il t'en a parlé ?

J'ai répondu par la positive d'un air dégagé.

— Nous ne savions plus comment réagir. Nous avons dû consulter au moins trente médecins, aucun n'a été capable de le raisonner. Mais toi…

(Elle a levé sur moi ses yeux bleus soigneusement maquillés.) J'ignore comment nous pourrons un jour te témoigner notre reconnaissance, Susan.

Commence par m'appeler par mon véritable prénom, ai-je pensé. Mais comme ça m'était égal, je me suis contentée de répondre :

— Ce n'est rien, madame Slater.

Et j'ai emmené Jack à la piscine. C'est vrai qu'il était transfiguré. Même Dormeur, tiré de sa léthargie par les sauts incessants de Jack, m'a demandé si c'était le même gamin que celui que je gardais la veille. Il a eu l'air extrêmement surpris quand je lui ai dit que oui, puis il s'est rendormi. Ce qui effrayait Jack avant – c'est-à-dire à peu près tout – ne semblait plus l'inquiéter le moins du monde. Si bien qu'il n'a même pas protesté, quand, après avoir mangé des hamburgers au bar de la piscine, je lui ai proposé d'aller en centre-ville avec la navette de l'hôtel. Il a même trouvé que ça avait l'air amusant. Amusant. Peut-être que je ne suis pas faite pour être mediator, après tout. Peut-être que je devrais être prof, pédo-psy, ou un truc dans le genre.

Son enthousiasme est retombé dès qu'il a vu qu'on prenait la direction du bâtiment qui abritait la société historique et non celle de la plage. Quand je lui ai expliqué que c'était pour aider un fantôme et qu'on irait à la plage après, il s'est fait une raison. Je ne suis pas le genre de fille à aimer traîner dans les musées, mais je dois reconnaître que c'était plutôt chouette de voir toutes ces vieilles photos remontant à plus d'un siècle, avant l'ouverture des centres commerciaux et des grandes surfaces, quand Carmel et le comté de Salinas n'étaient que des champs plantés, ici et là, de cyprès. Exactement comme dans ce livre qu'on a dû lire en quatrième, *Le Poney rouge*. La société historique possédait vraiment de chouettes trucs, notamment des document postérieurs à l'époque de Jesse, datant d'après la guerre de Sécession. Jack et moi, nous observions un stéréoscope – une machine qu'on utilisait avant l'invention du cinéma pour se divertir –, lorsqu'un homme chauve et sale est sorti de son bureau et nous a observés à travers les verres de ses lunettes, aussi épais que des culs de bouteille.

— Vous avez demandé à me voir ?

J'ai répondu que je souhaitais rencontrer un responsable. Il s'est présenté : Clive Clemmings, docteur ès histoire. Je lui ai expliqué qui j'étais et où je vivais, avant d'extraire de mon sac à dos (aucun sac à main ne va avec ce short immonde) la boîte à cigares pour lui montrer les lettres…

Il a pété un câble.

Je suis sérieuse. Il a littéralement pété un câble. Il était tellement excité qu'il a dit à la dame de l'accueil qu'il ne prendrait aucun coup de fil (elle a relevé le nez de son roman à l'eau de rose et l'a considéré avec étonnement : à l'évidence, le docteur Clive Clemmings ne recevait pas beaucoup d'appels) et nous a emmenés dans son bureau… J'ai failli avoir une attaque. Juste au-dessus de son fauteuil trônait le portrait de Maria de Silva. Le même que celui qui se trouvait dans le livre que Doc avait emprunté à la bibliothèque. L'artiste s'était surpassé. Il avait parfaitement reproduit les boucles anglaises et le pendentif en rubis qui pendait de son cou délicat. Sans parler de l'expression hautaine…

— C'est elle ! me suis-je écriée sans le vouloir, en pointant mon index vers le tableau.

Jack m'a considérée comme si j'étais devenue complètement maboule – ce qui était en partie le cas –, mais Clive Clemmings s'est contenté de jeter un coup d'œil par-dessus son épaule et de dire calmement :

— Oui, c'est Maria Diego. Cette œuvre est le clou de notre collection. Je l'ai sauvée d'un vide-grenier organisé par l'un de ses petits-enfants, le croirez-vous ! Un vrai scandale ! Cela dit, les Diego n'ont jamais été de la bonne graine. Vous savez ce qu'on dit sur l'hérédité ? Et ce Felix Diego…

Le docteur Clemmings a ouvert la boîte à cigares et a déplié la première feuille à l'aide d'une sorte de pince à épiler.

— Oh, mon Dieu…, a-t-il soufflé.

— Oui, c'est elle qui l'a écrite. Maria de Silva. Ce sont des lettres adressées à Jesse… je veux dire à Hector de Silva, son cousin, qu'elle devait épouser, mais qui…

— … a disparu.

Clive Clemmings me fixait. Il devait avoir la trentaine. En dépit de sa calvitie précoce et de son allure peu séduisante, il ne me paraissait plus aussi répugnant. La surprise, qui sied pourtant à peu de monde, le transfigurait.

— Mon Dieu, a-t-il répété. Où les avez-vous trouvées ?

Je lui ai expliqué, et son excitation a encore augmenté. Il nous a demandé de l'attendre dans son bureau pendant qu'il allait chercher quelque chose. C'est ce que nous avons fait. Jack est resté très sage, il n'a demandé que deux fois :

— Quand est-ce qu'on pourra enfin aller à la plage ?

Clive Clemmings est revenu avec un plateau et des gants en latex. Il a exigé que nous les mettions avant de toucher à quoi que ce soit. Jack, qui commençait à s'ennuyer ferme, est retourné jouer avec le stéréoscope. J'ai enfilé une paire de gants, et j'ai été récompensée de mes efforts. Clive Clemmings m'a autorisée à toucher tout ce que la société historique avait rassemblé, au fil des ans, au sujet de Maria de Silva. Ça faisait un paquet de trucs.

J'ai surtout été intéressée par deux choses : un minuscule tableau (Clive Clemmings a dit qu'on appelait ça une miniature) de Jesse (ou de Hector de Silva) et cinq lettres en bien meilleur état que celles de la boîte à cigares.

La miniature était parfaite, elle ressemblait à une petite photographie. Ils savaient vraiment peindre à cette époque. On reconnaissait parfaitement Jesse, il avait cette expression qu'il prend lorsque je lui raconte une de mes victoires personnelles dans un magasin – comme réussir à dégoter un sac à main Prada à moins cinquante pour cent. L'air de dire qu'il ne pourrait pas s'en fiche davantage. Il portait ce que Clive Clemmings a appelé une lavallière : une sorte de long foulard blanc à frous-frous que les types s'enroulaient autour du cou. Stone, Dormeur et même Clive Clemmings, en dépit de sa thèse, auraient eu l'air ridicule avec un truc pareil. Sur Jesse, naturellement, c'était magnifique. Mais qu'est-ce qui ne lui irait pas ?

Les lettres étaient plus intéressantes que le portrait, d'une certaine façon. Elles étaient toutes adressées à Maria de Silva… et signées de la main de Hector. Je me suis plongée dans leur lecture sans le moindre remords. Jesse décrivait – avec beaucoup d'humour – les derniers événements du ranch familial et les mille et un tours de ses petites sœurs. (Il en avait eu cinq, âgées de six à seize ans l'année de sa mort. Évidemment, il ne m'en avait jamais parlé…) Il évoquait également la vie politique locale et la difficulté de retenir au ranch les travailleurs agricoles tant l'attraction de la ruée vers l'or était forte. J'entendais la voix de Jesse en lisant ces lettres. Il s'en dégageait quelque chose de sympathique et de plaisant. Elles étaient beaucoup plus agréables que celles de Maria. Et il n'avait aucun problème d'orthographe, lui.

Pendant que j'étudiais ces documents, le docteur Clive n'arrêtait pas de jacter : il expliquait qu'il pourrait présenter les missives de Maria lors de l'exposition qui se tiendrait à l'automne, sur le thème de la famille de Silva et de son importance dans l'expansion du comté de Salinas au fil des ans.

— Si seulement cette lignée ne s'était pas

éteinte…, s'est-il plaint. J'aurais pu les faire intervenir…

Il avait enfin réussi à attirer mon attention.

— Il doit bien y avoir des descendants quelque part. Est-ce que Maria et Felix n'ont pas eu trente-sept rejetons, ou un truc dans le genre ?

Clive Clemmings m'a jeté un regard sévère. En tant qu'historien – docteur ès histoire – il ne semblait guère apprécier les exagérations.

— Ils ont eu onze enfants. Qui ne sont pas, à proprement parler, des de Silva, mais des Diego. La famille de Silva a malheureusement engendré beaucoup de filles, et je crains que Hector n'ait été le dernier mâle de la dynastie. Bien sûr, nous ne saurons jamais s'il a, ou non, engendré un garçon. Si c'est le cas, il ne se trouve certainement pas en Californie du Nord.

— Il n'a jamais eu d'enfants ! me suis-je écriée avec une virulence sans doute excessive. Il a été tué dans ma maison !

J'étais outrée. Indépendamment du caractère sexiste de sa remarque sur le « dernier mâle de la dynastie », je trouvais son insinuation de très mauvais goût : Jesse n'avait pas pu batifoler et procréer, comme il le suggérait, pour la simple et bonne raison qu'il avait été victime d'un crime ignoble. Ce n'est qu'en voyant l'expression interloquée de Clive Clemmings que j'ai réalisé ce que je venais de lâcher.

— Hector de Silva a disparu peu de temps avant son mariage avec sa cousine Maria, m'a-t-il dit sur un ton qui rappelait celui de Sœur Ernestine lorsque notre attention se relâchait pendant les cours de religion. Personne n'a eu de ses nouvelles depuis.

Difficile de lui répondre que son fantôme vivait dans ma chambre…

— Je croyais que la rumeur rapportait que… Maria et son amoureux, Felix, avaient tué Hector pour l'empêcher d'épouser sa cousine.

Clive Clemmings paraissait gêné.

— Ce n'est qu'une théorie élaborée par mon grand-père, le colonel Harold Clemmings, qui a écrit…

— … *Mon Monterey*, ai-je complété. C'était bien à cet ouvrage que je faisais référence. Ce type était votre grand-père ?

— Oui… Il est mort il y a un certain nombre d'années. Je dois vous avouer que je n'adhère pas à sa théorie, mademoiselle… euh… Ackerman.

Je lui avais remis les lettres de Maria de la part de mon beau-père, et, sexiste comme il était, il en avait naturellement déduit que je portais le même nom.

— De toute façon, a-t-il poursuivi, ce livre n'a pas été un succès de librairie. Mon grand-père se passionnait pour l'histoire de la commune, mais il n'avait pas fait d'études. Il n'avait même pas de licence, sans parler d'une thèse ! J'ai toujours pensé, à l'instar de la plupart des historiens locaux, que le jeune monsieur de Silva avait eu « la frousse », pour parler communément, quelques jours avant son mariage. N'osant pas affronter la peine que sa défection aurait causée à sa famille, il serait parti chercher fortune, peut-être du côté de San Francisco…

Aussi surprenant cela puisse paraître, j'ai réellement envisagé, l'espace d'un instant, de planter dans les yeux du docteur l'espèce de pince à épiler que j'utilisais pour manipuler les lettres. Il aurait fallu pour cela que je transperce les culs de bouteille, évidemment. Au lieu de quoi, je me suis reprise et j'ai dit, avec tout le calme dont j'étais capable affublée d'un short aussi ridicule :

— Croyez-vous, du fond du cœur, monsieur Clemmings, que la personne qui a écrit ces mots aurait fait une chose pareille ? S'enfuir sans laisser un mot à l'attention de sa famille ? À ses petites sœurs, qu'il aimait à l'évidence d'un amour sincère et dont il parlait avec autant d'affection ? Croyez-vous réellement que si nous avons découvert les lettres de Maria dans notre jardin c'est parce qu'il les y aurait lui-même enterrées ? N'imaginez-vous donc pas une seule seconde que si nous les y avons trouvées, c'est parce qu'il y est enterré lui aussi et que, si mon beau-père continue à creuser, il risque probablement de tomber sur lui ?

Ma voix était montée dans les aigus. Le sujet me rendait peut-être légèrement hystérique, mais j'assume.

— Est-ce que vous allez enfin comprendre que votre grand-père avait raison à *cent pour cent* ? Ou faudra-t-il pour cela que mon beau-père déterre le cadavre pourrissant de Hector de Silva ?

Clive Clemmings semblait complètement sonné.

— Enfin, mademoiselle Ackerman ! s'est-il écrié.

Il s'était rendu compte, comme moi d'ailleurs, que je m'étais mise à pleurer. Ce qui était plutôt bizarre, vu que je ne suis pas du genre pleurnicheuse. Bien sûr, je pleure quand je me prends la porte d'un placard de la cuisine en pleine poire, ou devant un mélo. Mais je ne verse pas une petite larme à la moindre occasion. Pourtant, je me suis retrouvée dans le bureau de Clive Clemmings, docteur ès histoire, à chialer comme une madeleine. Bravo, Suze, très professionnel. Excellent exemple à donner à Jack.

— Laissez-moi vous dire, ai-je repris d'une voix tremblante en enlevant les gants en latex et en me levant, que vous faites fausse route. Jesse… enfin… Hector n'aurait jamais agi de la sorte. C'est sans doute elle qui vous a tendu ce panneau… ai-je ajouté en indiquant d'un mouvement de la tête le tableau que je commençais à haïr. Ce n'est pas la vérité pour autant. Jesse… enfin… Hector n'est pas… n'était pas comme ça. S'il avait eu la « frousse », pour reprendre vos mots, il aurait simplement annulé le mariage. Et ses parents auraient sans doute eu de la peine, mais ils lui auraient pardonné, parce qu'ils l'aimaient apparemment autant que lui les aimait, et…

Je n'ai pas pu poursuivre, je sanglotais. Je n'en revenais pas : je chialais. Je chialais devant ce bouffon. J'ai tourné les talons et je suis partie. Ce n'était sans doute pas une sortie des plus dignes, surtout que la dernière chose que le docteur Clemmings a eu la chance de voir était mon arrière-train, qui devait être énorme dans ce short immonde. Mais le message était passé. Enfin, je crois…

Bien sûr, au final, cela ne servirait à rien. Mais je ne pouvais pas encore le savoir. Pas plus que ce pauvre Clive Clemmings.

5

Bon sang, ce que je déteste pleurer. C'est tellement humiliant. J'imagine qu'être agressée au beau milieu de la nuit par l'ex du garçon dont je suis amoureuse a eu raison de mes nerfs. Mes larmes étaient si intarissables que, sur le chemin de la plage, Jack m'a offert un lait chocolaté et un paquet de biscuits. Je me suis rapidement ressaisie, et peu de temps après nous sautions dans les vagues en nous moquant des touristes et en pariant sur les surfers qui tomberaient les premiers de leur planche. Nous nous sommes tellement amusés que ce n'est que lorsque le soleil a commencé à décliner que j'ai pensé qu'il était temps de ramener Jack à l'hôtel.

Personne ne s'était inquiété de notre absence, remarquez. Lorsque j'ai ramené Jack à la suite, sa mère a passé la tête depuis la terrasse, où elle sirotait un cocktail avec son mari.

— C'est toi, Jack ? Dépêche-toi d'aller te changer. On dîne avec les Robertson. Merci, Susan, à demain matin.

J'ai fait un signe de la main et je me suis éclipsée, trop contente d'avoir évité Paul. Après un après-midi pareil, je me sentais incapable de l'affronter. Je m'étais réjouie trop vite. Alors que j'attendais Dormeur dans la Land Rover – Caitlin avait éprouvé le besoin extrêmement urgent de discuter avec lui au moment de notre départ –, quelqu'un a frappé à la vitre. C'était Paul. Avec une cravate et une veste bleu foncé ! J'ai ouvert la fenêtre.

— Salut.

— Salut, a-t-il répondu.

Son sourire était irrésistible. Les derniers rayons du soleil faisaient ressortir les reflets dorés de ses boucles. Il était vraiment canon. Kelly Prescott l'aurait mangé à la petite cuiller.

— J'imagine que tu as déjà des projets pour la soirée ?

Ce n'était pas le cas, bien entendu, mais j'ai répondu du tac au tac :

— Oui.

— Et demain soir ?

Écoutez, je sais que je suis zarbi, d'accord ? Ce

mec sexy et gentil me proposait un rancard, et moi, j'étais incapable de me sortir de la caboche un type qui, soyons réalistes, était mort. *Mort*. C'est complètement débile de préférer un fantôme à un garçon en vie. Et pourtant, c'est exactement ce que j'ai fait.

— Je suis désolée, Paul. Je suis déjà prise demain soir aussi.

Mon mensonge devait se voir comme le nez au milieu de la figure, mais je m'en contrefichais. Vous voyez à quel point je suis cinglée ? Pourtant, j'aurais dû être un peu plus prudente. Paul Slater ne devait pas être habitué à se faire rembarrer par les filles. Il ne souriait plus du tout quand il m'a rétorqué :

— C'est vraiment dommage. D'autant plus que je vais être obligé de raconter à ton supérieur que tu as emmené mon petit frère en ville sans l'autorisation de mes parents.

Dans un premier temps, je l'ai dévisagé sans comprendre. Puis je me suis rappelé mon excursion avec Jack. J'ai failli éclater de rire. Sérieux. Si Paul Slater croyait que quitter l'hôtel avec un mineur pouvait m'attirer les pires ennuis de ma vie, il était complètement à côté de la plaque. Bon sang, une nénette morte depuis près de cent ans m'avait menacée avec un couteau la nuit précédente ! Il pensait vraiment que la perspective de recevoir un blâme de Caitlin me filait les chocottes ?

— Ne te gêne pas, lui ai-je répondu. Et n'oublie pas de lui préciser que, pour la première fois de sa vie, ton petit frère s'est éclaté.

J'ai commencé à remonter la vitre, mais Paul a posé sa main dessus. J'ai lâché le bouton électrique. C'est vrai, je voulais me débarrasser de lui, mais pas au point de le mutiler.

— Je comptais justement t'en parler, a-t-il lancé. D'après Jack, tu lui aurais expliqué qu'il était medium.

— Mediator, l'ai-je corrigé avant d'avoir pris le temps de tourner ma langue sept fois dans ma bouche.

En dépit de mes conseils, Jack n'avait pas gardé le secret pour lui… Quand comprendrait-il que raconter à tout va qu'il tapait la discussion avec des fantômes ne lui attirerait que des ennuis ?

— Peu importe. Ça t'amuse de te moquer d'un gosse qui souffre de troubles psychologiques ?

Je n'en revenais pas. Vraiment pas. J'avais l'impression d'être dans une mauvaise série télé.

— Je ne pense pas que ton frère ait des troubles psychologiques.

— Ah, non ? Il prétend voir des morts, et tu trouves ça parfaitement normal ?

— Il est peut-être capable de les voir, Paul. Tu n'en sais rien. En tout cas, tu ne peux pas prouver qu'il ne les voit pas.

Brillante démonstration, Suze. Qu'est-ce que fichait Dormeur ? Ramène ta fraise, frangin, pour me sortir de ce pétrin.

— Suze, a poursuivi Paul en me dévisageant d'un air interrogateur, tu n'es pas sérieuse ? Tu ne crois pas sérieusement que mon frère voit et parle aux morts ?

— J'ai entendu des choses bien plus étranges, ai-je répondu en jetant un coup d'œil dans la direction de Dormeur.

Caitlin lui servait son sourire le plus éclatant en secouant sa chevelure blonde à la Scarlett Johansson. Allez, les enfants, assez flirté pour aujourd'hui ! Caitlin, décide-toi, invite-le à sortir, qu'on puisse enfin décamper...

— Tu ne devrais pas l'encourager dans cette voie, c'est la pire chose à faire d'après ses médecins.

Il commençait sérieusement à me chauffer, le toto. Non, mais c'est vrai. Qu'est-ce qu'il en savait, d'abord ? Ce n'était pas parce que son père était neurochirurgien, ou un truc dans le genre, et pouvait se payer une semaine dans cet hôtel cinq étoiles qu'il avait forcément raison.

— Ah ouais ? Eh bien, Jack m'a l'air parfaitement sain d'esprit, à moi. Il pourrait même t'apprendre deux ou trois choses. Notamment dans le domaine des idées reçues.

— Qu'est-ce que ça veut dire, Suze ? Que tu crois aux fantômes ?

Enfin – *enfin !* –, Dormeur a dit au revoir à Caitlin et s'est approché de la voiture.

— Et ouais, j'y crois. Pas toi ?

— Comment ça, pas moi ? a demandé Paul d'un air incrédule.

— Tu n'y crois pas ?

Son air pincé parlait pour lui. Je me fichais de lui couper la main maintenant, j'ai remonté la vitre. Il a retiré ses doigts juste à temps. Pourquoi les garçons sont-ils aussi pénibles ? Non, mais c'est vrai. Quand ils ne boivent pas à même le carton de jus d'orange et qu'ils oublient de relever la lunette des toilettes, ils prennent la mouche au moindre refus et menacent de cafter. Ils croient vraiment prendre le cœur des filles comme ça ? Le problème, c'est que tant que des idiotes comme Kelly Prescott accepteront de sortir avec eux malgré tout, ils continueront à agir de la sorte. J'ai boudé tout le long du trajet de retour. Même Dormeur s'en est rendu compte.

— Qu'est-ce que t'as ?

— Cet imbécile de Paul Slater est furax parce que j'ai décliné son invitation, ai-je répondu.

Habituellement, je ne partage pas mes problèmes persos avec mes demi-frères, sauf avec Doc, de temps à autre. Et uniquement parce que son QI est bien supérieur au mien.

— Il a menacé de raconter à Caitlin que j'avais emmené son petit frère en ville sans l'autorisation de ses parents. C'est effectivement le cas, mais c'était pour aller à la plage.

Et à la société historique.

— Sérieux ? C'est minable. Ne t'inquiète pas, j'arrangerai ça avec Caitlin, si tu veux.

Je n'en revenais pas. Si je lui en avais parlé, c'était uniquement parce que j'étais au fond du gouffre. Je ne m'attendais pas à ce qu'il me propose son aide.

— Tu ferais ça ?

— Bien sûr. Je la vois tout à l'heure, après les livraisons.

Dormeur est maître nageur le jour, livreur de pizza la nuit. Initialement, il mettait de l'argent de côté pour s'acheter une Camaro, maintenant, il économisait pour prendre un appartement. Il n'y avait pas de chambres à la fac où il s'était inscrit, et Andy refusait de lui payer un loyer tant qu'il n'aurait pas de meilleures notes.

— C'est sympa, ai-je dit.

Je n'en revenais pas.

— Qu'est-ce qui ne va pas avec Paul Slater ? Je pensais que c'était ton genre. Il est intelligent et tout.

— Rien, ai-je marmonné en jouant avec ma ceinture de sécurité. C'est juste que… J'ai des vues sur quelqu'un d'autre.

— Ah, oui ? Je le connais ?

— Non, ai-je répondu sèchement.

— C'est pas sûr, Suze. Entre la pizzeria et l'école, je connais presque tout le monde.

— Tu ne le connais pas. C'est impossible.

Il a froncé les sourcils.

— Pourquoi ? Il est dans un gang ?

J'ai levé les yeux au ciel. Dormeur est convaincu, pour ainsi dire depuis le jour de notre rencontre, que j'appartiens à un gang. Franchement.

— Il vit dans la vallée ? Je te préviens, Suze, si je découvre que tu sors avec un voyou…

— Bon sang ! Tu ne peux pas arrêter cinq minutes ? Il n'est pas dans un gang ! Moi non plus d'ailleurs ! Et il ne vit pas dans la vallée. Tu ne le connais pas, d'accord ? Oublie cette conversation, s'il te plaît.

Dès que nous avons posé un pied dans la maison, on nous a informés que le dîner n'était pas prêt. Et ce pour la simple raison qu'Andy était enfoncé jusqu'à la taille dans le trou que Stone et lui avaient creusé dans le jardin. Je suis sortie contempler l'étendue des dégâts. Je me suis mise à me ronger les ongles en songeant que, dans quelques heures, j'irais me coucher avec la perspective d'une nouvelle visite de Maria. Et cette fois, elle ferait sans doute davantage que m'écorcher la gencive.

J'en étais à peu près à ce point de mes réflexions lorsque le téléphone a sonné. C'était mon amie Sissi, qui voulait savoir si j'avais envie de les rejoindre, Adam et elle, au Café Clutch, pour siroter un thé glacé en disant du mal de tout le monde. J'ai accepté sur-le-champ, ça faisait longtemps que je ne les avais pas vus. Sissi était en stage à *La Pomme de pin de Carmel* (la feuille de chou locale), et Adam avait passé la majorité des vacances dans la maison de ses grands-parents à Martha's Vineyard. À la seconde où j'avais entendu la voix de Sissi, je m'étais rendu compte qu'elle me manquait terriblement. J'avais hâte de lui parler de Paul Slater et de ses vilains tours. Sauf qu'il faudrait pour cela évoquer son petit frère et le fait qu'il communiquait avec les morts – sans quoi l'histoire n'aurait pas autant d'intérêt –, et Sissi n'était pas du genre à croire aux fantômes ni à rien de ce qu'elle ne pouvait voir de ses propres yeux, d'ailleurs. Ce qui rendait sa présence dans un établissement catholique pour le moins problématique, surtout avec Sœur Ernestine, qui nous rebattait les oreilles avec la foi et l'Esprit Saint.

Enfin bref. Ce serait toujours mieux que traîner à la maison à observer un énorme trou. Je suis montée dans ma chambre pour troquer mon infâme short contre une ravissante robe à bretelles que j'avais commandée sur Internet et que je n'avais pas encore eu l'occasion de porter. Aucun signe de Jesse. Tant mieux, je n'aurais pas su quoi lui dire de toute façon. Je culpabilisais d'avoir lu ses lettres, même si j'étais contente d'avoir appris autant de choses sur ses sœurs et ses difficultés au ranch. D'une certaine façon, je me sentais plus proche de lui encore. Sauf que s'il avait voulu me parler de sa vie, il l'aurait fait, non ? Oui, mais il ne faut pas oublier que Jesse préfère toujours discuter de sujets aussi passionnants que l'ascension du IIIe Reich, et se demander comment les États-Unis ont pu laisser mourir six millions de Juifs avant de réagir. Vous voyez le genre de conversation…

J'aimerais beaucoup l'interroger sur ses sœurs. Avait-il trouvé que c'était compliqué de vivre entouré de cinq filles ? Autant que moi avec trois garçons ? Sans doute pas, puisqu'il n'était pas confronté au problème de la lunette des toilettes… D'ailleurs, y avait-il seulement des toilettes à l'époque ? Est-ce qu'ils n'utilisaient pas ces immondes cabanons, comme dans *La Petite Maison dans la Prairie ?* La vache ! pas étonnant que Maria soit d'aussi mauvais poil ! Surtout si on ajoute à ça le fait d'être morte.

Maman et Andy m'ont autorisée à sortir manger avec mes amis, vu qu'il n'y avait rien à becqueter à la maison.

Même si je n'ai pas pu parler de Paul à Sissi, je me suis bien amusée. C'était chouette de les voir, elle et Adam. C'est sans doute le garçon de ma connaissance qui ressemble le moins à un garçon, sans être homo pour autant. Il se vexe d'ailleurs dès qu'on évoque cette possibilité. Tout comme Sissi, qui est amoureuse de lui depuis toujours. Ces derniers temps, j'avais l'espoir qu'il partageait enfin ses sentiments, mais apparemment il avait pris ses distances pendant les vacances.

J'avais interrogé Sissi à ce sujet dès qu'il s'était absenté aux toilettes : d'après elle il avait rencontré quelqu'un à Martha's Vineyard. Je dois reconnaître que c'était agréable d'écouter les jérémiades de quelqu'un d'autre pour une fois. Ma vie était loin d'être rose, mais j'avais au moins la certitude que Jesse n'était pas en train de draguer une autre minette. Ou plutôt la quasi-certitude… Qui sait ce qu'il fabriquait lorsqu'il quittait ma chambre ? Il allait peut-être à Martha's Vineyard après tout.

Comme nous ne nous étions pas vus depuis un bon moment, tous les trois, nous avions beaucoup de mal à dire sur un tas de gens, à commencer par Kelly Prescott, et je ne suis pas rentrée avant onze heures… ce qui est plutôt tard, vu mes horaires de travail. Mais j'étais contente d'être sortie, parce que ça m'avait permis d'oublier la délicieuse Mme Diego. En me lavant les cheveux avant d'aller me coucher, j'ai soudain songé que je n'avais aucune raison de la ménager. Après tout, qu'est-ce qui me forçait à me laisser martyriser dans mon propre lit ? Rien. Absolument rien. Je me suis donc couchée avec un énorme sentiment de satisfaction. J'étais armée contre toutes les attaques éventuelles de Maria. J'avais caché sous les draps un véritable arsenal : une hache, un marteau, et un objet doté de pointes impressionnantes que je n'arrivais pas à identifier et que j'avais piqué dans l'atelier d'Andy. J'avais pris Max avec moi. Il me préviendrait de l'arrivée d'un spectre, car il était extrêmement sensible à leur présence.

Et, ah oui, j'allais oublier. Je m'étais installée dans la chambre de Doc.

Je sais, je sais. On ne peut pas faire plus lâche. Mais pourquoi serais-je restée dans mon propre lit à attendre Maria quand je pouvais me glisser dans celui de Doc et, peut-être, éviter la confrontation ? Ce n'est pas comme si j'avais envie de me battre avec elle. D'une certaine façon, en désobéissant à ses ordres, je cherchais la bagarre. N'empêche. Je ne la cherchais pas ouvertement. En temps normal, je me serais mise en quête de sa tombe pour régler l'affaire une bonne fois pour toutes, n'ayant pas pour habitude d'attendre que les fantômes viennent à moi. Là, c'était différent. À cause de Jesse. Ne me demandez pas pourquoi, mais je ne me sentais pas le cran de débusquer son ex et de lui régler son compte.

Bref, je venais de me faufiler sous les draps de Doc (tout propres – j'avais vérifié avant de m'y aventurer) et je clignais des yeux dans l'obscurité pour distinguer les trucs zarbis qu'il avait accrochés au plafond, une reproduction du système solaire et d'autres machins dans le genre, quand Max s'est mis à grogner. Doucement, d'abord, puis plus fort. Et les poils sur son dos se sont dressés. À ce moment-là, j'ai su qu'on était bons pour un tremblement de terre ou une petite visite nocturne de l'ancienne reine de beauté du comté de Salinas. Je me suis redressée en m'armant de l'outil à pointes, et j'ai fouillé la pénombre du regard, tout en rassurant Max d'une voix douce.

— Tout doux, mon beau. Tout va bien. Tout doux…

J'essayais de m'en persuader aussi, jusqu'à ce que quelqu'un se matérialise devant moi. Alors, j'ai projeté mon arme de toutes mes forces.

6

— Susannah ! a hurlé Jesse, qui venait d'esquiver l'attaque. Qu'est-ce qui te prend ?

J'ai failli lâcher mon arme tant j'étais soulagée de voir que c'était lui. De son côté, Max pleurait et grognait de plus belle : il était au bord de la crise de nerfs. Afin d'éviter qu'il ne réveille toute la casbah – et que je n'aie à expliquer ma présence dans la chambre de Doc avec des outils d'Andy –, je lui ai ouvert la porte pour qu'il sorte. Jesse m'a pris l'outil et l'a observé avec intérêt.

— Susannah, a-t-il dit une fois la porte refermée, que fais-tu ici avec une pioche ?

J'ai haussé les sourcils en feignant l'incompréhension.

— Une pioche ! C'était le nom que je cherchais.

— Susannah, dis-moi ce qui se passe. Tout de suite.

— Rien, ai-je répondu d'une voix suraiguë qui n'avait rien de naturel.

Je suis retournée me coucher et j'ai retenu un cri au moment où mon orteil a heurté la hache – je ne voulais pas que Jesse découvre que j'avais caché d'autres outils dans le lit.

— Susannah ! a-t-il dit en soulevant les draps.

Jesse avait l'air en pétard, et il ne perd pas son calme facilement. Sauf, bien sûr, quand un garçon me galoche devant la maison.

— Est-ce une hache ?

Mince ! J'ai rabattu la couverture dessus avant de répliquer :

— Je vais t'expliquer…

Il a posé la pioche contre un mur pour croiser les bras sur sa poitrine.

— Je suis curieux d'entendre ce que tu as à dire, en effet.

— Alors voilà…

Jesse a dû lire sur mon visage que j'étais en train d'inventer un mensonge, car il a subitement décroisé les bras et s'est penché en avant. Il a placé ses mains sur la tête de lit, de part et d'autre de mon corps : il m'emprisonnait sans pour autant me toucher. C'était très déstabilisant, et je me suis ratatinée sur l'oreiller de Doc. Ça n'a rien changé à la situation : le visage de Jesse restait à moins de quinze centimètres du mien.

— Susannah, a-t-il repris (maintenant il était vraiment furax), qu'est-ce qui se passe ? La nuit dernière, j'aurais juré avoir senti une présence dans ta chambre. Et ce soir, je te retrouve ici, armée d'une pioche et d'une hache ? Qu'est-ce que tu me caches ? Pourquoi refuses-tu de me dire ce qui arrive ?

À moins de me planquer sous le drap, il m'était impossible d'échapper à la colère qui s'était peinte sur son visage. Et ce n'était pas l'option la plus digne.

— Écoute, ai-je répondu le plus calmement possible, ce n'est pas que je refuse de t'en parler. Simplement, j'ai peur, en le faisant…

Et là, ne me demandez pas pourquoi, mais j'ai déballé toute l'histoire. C'était incroyable. On aurait dit qu'il avait pressé sur mon front le bouton « Réponse, s'il vous plaît ». Je lui ai raconté les lettres, la virée à la société historique…

— Je ne voulais pas que tu sois au courant, ai-je terminé, parce que, si c'est bien ton corps qui est enterré dans le jardin et qu'ils le découvrent, eh bien, alors, tu n'auras plus aucune raison de traîner dans le coin… et je sais bien que c'est égoïste, mais tu me manquerais tellement que j'espérais qu'en me taisant tout resterait comme avant.

Jesse n'a pas du tout eu la réaction que j'espérais. Au lieu de me faire tournoyer dans ses bras et de me donner un baiser passionné, comme dans les films, ou même simplement de m'appeler *querida* et de me caresser les cheveux, il a éclaté de rire. J'avoue, je n'ai pas apprécié. C'est vrai, avec tout ce que j'avais enduré au cours des dernières vingt-quatre heures, j'avais mérité davantage de reconnaissance. J'étais peut-être en danger de mort, après tout !

Je le lui ai fait remarquer, mais ses éclats de rire n'en ont que redoublé. Quand il s'est enfin calmé, il m'a ébouriffé les cheveux, mais son geste n'avait rien de romantique, surtout que j'avais appliqué une crème de soin et qu'il a dû s'en mettre plein les doigts. Ça m'a rendue encore plus furieuse, alors qu'il n'y était pour rien. Je me suis enfouie sous les draps en lui tournant le dos. C'était un comportement puéril, je vous l'accorde, mais j'avais les nerfs à vif.

— Susannah, a-t-il repris d'une voix enrouée à force de rire (je l'aurais tapé, je vous jure !), ne le prends pas comme ça. Je suis désolé. Je suis désolé d'avoir réagi ainsi. Simplement, je n'ai pas compris un seul mot, tu as parlé tellement vite, puis tu as sorti cette hache…

— Va-t'en !

— Susannah, allez, lâche ce drap, a-t-il murmuré de sa voix suave.

Il le faisait exprès pour que je perde mes moyens, mais ça ne marcherait pas cette fois.

— Non, ai-je rétorqué en tirant encore plus fort sur le drap, je t'ai dit de me laisser.

— Je ne partirai pas. Assieds-toi. Je veux te parler de choses sérieuses et je n'ai pas envie de m'adresser à ton dos. Retourne-toi.

— Non.

D'accord, je faisais ma tête de mule, mais vous auriez réagi de la même façon à ma place. Maria était complètement cinglée, et il avait failli l'épouser ! Ça remontait peut-être à cent cinquante ans, n'empêche. Est-ce qu'il savait à qui il avait affaire ? Est-ce qu'il savait qu'elle n'avait rien à voir avec la cruche qui lui écrivait ces lettres niaises ?

— Pourquoi ne rejoins-tu pas Maria ? lui ai-je suggéré d'un ton âcre. Vous pourriez tailler une bavette en aiguisant ses couteaux et en vous moquant de ma pomme. Ha ! ha ! ha ! Cette pauvre Suze est tellement ridicule.

— Maria ? Des couteaux ? Qu'est-ce que c'est que cette histoire ?

D'accord. Je n'avais pas été totalement honnête avec Jesse. Disons que j'avais omis certains détails. J'avais bien parlé des lettres et de la société historique, du trou et tout ça, mais j'avais en quelque sorte esquivé la visite nocturne de Maria, qui était la véritable explication à ma présence dans la chambre de Doc avec ces outils. Si je l'avais fait, c'était tout simplement parce que je craignais sa réaction.

Et il a réagi comme je m'y attendais.

— Maria ? Un couteau ? Mais… c'est impossible.

Ça a été la goutte d'eau. Je me suis retournée et je lui ai lancé, de mon ton le plus ironique :

— Tu as raison, Jesse. Le couteau qu'elle a pointé sur ma gorge, la nuit dernière, devait être le fruit de mon imagination. Tout comme ses menaces de mort.

J'ai voulu rouler sur le côté pour continuer de bouder, mais, cette fois, il m'a retenue et m'a forcée à le regarder. J'ai constaté, non sans une certaine satisfaction, qu'il ne riait plus maintenant. Il ne souriait même pas.

— Un couteau ? Maria est venue ? Avec un couteau ? Mais pourquoi ?

Il me regardait comme s'il craignait d'avoir été victime d'une illusion auditive.

— Je te le demande, justement, ai-je rétorqué alors que je connaissais parfaitement la réponse. Elle est morte depuis longtemps, elle ne reviendrait pas sans raison.

Jesse me fixait de ses grands yeux sombres dans lesquels j'aime tant me plonger. S'il savait quoi que ce soit, il n'en disait rien.

— Elle… elle t'a fait du mal ?

J'ai acquiescé, et il a serré ses mains sur mes épaules.

— Elle a appuyé le couteau là, ai-je dit en indiquant ma jugulaire, et elle m'a menacée. Si je ne demandais pas à Andy d'arrêter de creuser, elle me t…

Tuerait, allais-je dire, mais je n'en ai pas eu l'occasion, parce que Jesse m'a prise dans ses bras et m'a étreinte très longtemps. C'était très agréable. Et encore plus lorsqu'il s'est mis à me susurrer des mots doux à l'oreille. Je n'ai pas tout compris parce qu'il parlait en espagnol. Son geste ne nécessitait pas de traduction, lui : Jesse avait peur. Pour moi. J'adorais sentir sa large épaule sous ma joue.

— C'était un très grand couteau, ai-je continué, et très pointu.

— *Querida.*

Ce mot-là, je le comprenais. Enfin, à peu près. Il a déposé un baiser sur le sommet de mon crâne. Il fallait que je tire profit au maximum de la situation.

— Ensuite, ai-je dit en feignant d'être au bord des larmes, elle m'a bâillonnée pour m'empêcher de crier, et une de ses bagues m'a ouvert la gencive. J'avais du sang plein la bouche.

Oups. Cette dernière information n'a pas eu l'effet escompté. Au lieu de m'embrasser, comme j'en rêvais, Jesse m'a écartée de lui pour me regarder droit dans les yeux.

— Susannah, pourquoi ne pas m'en avoir parlé hier soir ? Je t'ai demandé si quelque chose n'allait pas, et tu n'as rien dit.

Allô ? Il n'avait pas écouté ce que je venais de lui expliquer ?

— Parce que, lui ai-je répondu, les dents serrées.

Mon prince charmant me tenait dans ses bras, et tout ce qui l'intéressait, c'était discuter. De son ex qui avait tenté de m'assassiner, de surcroît.

— C'est forcément lié à ta présence ici, ai-je repris. À la raison de ta présence ici depuis si longtemps. Tu ne saisis donc pas, Jesse ? Si on retrouve ton corps, la preuve de ton assassinat sera faite, et la théorie du colonel Clemmings validée.

L'étonnement de Jesse ne cessait de croître.

— Le colonel qui ?

— Le colonel Clemmings. L'auteur de *Mon Monterey*. Il a échafaudé une théorie selon laquelle tu ne te serais pas dégonflé avant le mariage et n'aurais pas fui à San Francisco pour chercher fortune, mais aurais été tué par un certain Felix, qui voulait épouser Maria. Si on découvre ton cadavre, on aura la certitude que tu as été assassiné, et les soupçons se porteront, naturellement, sur Maria et Felix.

Au lieu d'être impressionné par mes talents de détective hors pair, Jesse m'a interrogée :

— Comment tu connais Felix ?

— Je te l'ai dit ! (Bon sang, ça commençait à devenir pénible ! Quand allait-on enfin passer au moment où on s'embrasse ?) Dans un livre que Doc a trouvé à la bibliothèque. *Mon Monterey*, du colonel Harold Clemmings.

— Mais je croyais que Doc… enfin David… était en colonie de vacances.

— C'était il y a longtemps. À mon arrivée ici, en janvier.

Jesse m'a considérée d'un air étrange.

— Es-tu en train de m'expliquer que tu es au

courant… des circonstances de ma mort… depuis le début ?

— Oui, ai-je répondu, légèrement sur la défensive. C'est mon boulot, Jesse. C'est ce que font les mediators.

— Pourquoi m'as-tu interrogé sans relâche sur ma mort, alors, si tu savais déjà tout ?

— Je n'étais pas sûre. Et je ne le suis toujours pas. Jesse…

Je voulais être certaine qu'il prêterait attention à ce qui allait suivre, je me suis donc redressée (et il m'a malheureusement lâchée).

— Jesse, s'ils trouvaient ton cadavre, non seulement Maria serait furax, mais tu… tu partirais. Tu le sais, non ? Tu quitterais cet endroit. Parce que c'est ce qui te retient ici, Jesse, le mystère qui entoure ta mort. Une fois que ton corps aura été découvert, ce mystère sera levé. Et tu t'en iras. C'est pour cette raison que je ne pouvais pas t'en parler, tu vois ? Parce que je ne veux pas que tu partes. Parce que je t'aime…

Oh mon Dieu ! J'ai bien failli lui faire une déclaration d'amour. J'étais vraiment à deux doigts de m'arrêter là. Heureusement, j'ai eu la présence d'esprit d'ajouter :

— … beaucoup, et j'aurais de la peine de ne plus te voir.

Pas mal, non ? Ce n'était pas passé loin, cette fois.

Il y a une chose que je sais sur les garçons, en plus de leur incapacité chronique à utiliser un verre pour boire, à rabaisser la lunette des toilettes et à remplir un bac à glaçons lorsqu'il est vide : ils ne sont pas en mesure de recevoir une déclaration d'amour. Je vous jure, c'est écrit dans tous les magazines. Et ça s'applique sans doute aussi aux types nés il y a cent cinquante ans. La preuve : Jesse m'a caressé la joue du bout des doigts – exactement comme à l'hôpital.

— Susannah, a-t-il repris, qu'ils retrouvent mon cadavre n'y changera rien du tout.

— Mmmm, je suis désolée, Jesse, mais je sais de quoi je parle. Je fais ce boulot depuis seize ans.

— Susannah, je suis mort depuis cent cinquante ans. *Je* sais de quoi je parle. Et je peux te certifier que le prétendu mystère entourant ma mort n'est pas la raison de… ma présence ici, pour reprendre tes mots.

Il s'est alors produit un drôle de truc. Je me suis mise à pleurer, exactement comme dans le bureau de Clive Clemmings. C'est arrivé sans prévenir. Mes yeux se sont remplis de larmes, mon nez a commencé à me piquer, ma gorge à me brûler. Ce qui était bizarre, surtout, c'est qu'une minute plus tôt je faisais semblant de pleurer, et que tout à coup ce n'était plus du chiqué.

— Jesse, ai-je repris d'une horrible voix tremblante (l'avantage de jouer la comédie c'est qu'on contrôle ce genre d'effet), je suis désolée, mais c'est impossible. Je suis sûre de moi, ça m'est déjà arrivé cent fois. Une fois le cadavre retrouvé, c'est fini.

— Susannah…

Cette fois, il ne s'est pas contenté de me caresser la joue. Il a posé sa main dessus… Malheureusement, son geste romantique a quelque peu été gâché par le sourire qu'il ne parvenait pas à retenir. Je dois au moins lui reconnaître qu'il faisait de sacrés efforts pour garder une expression sérieuse. Au moins autant que moi pour arrêter de pleurer.

— Je te le promets, Susannah, je n'irai nulle part, que ton beau-père déterre ou pas ma dépouille.

Je ne le croyais pas. J'aurais bien voulu, mais j'étais persuadée qu'il ne savait pas de quoi il parlait. Cela dit, je n'avais pas d'autre choix que me montrer courageuse : je n'allais pas rester assise là à pleurer toutes les larmes de mon corps.

— C'est vrai ? Tu promets ?

Jesse a souri, et sa main a quitté ma joue pour plonger dans sa poche. Il en a tiré un bout de tissu en dentelle que j'ai tout de suite reconnu.

Le mouchoir de Maria de Silva. Il l'avait déjà utilisé comme pansement de fortune lorsque je m'étais blessée dans l'exercice de mes fonctions de mediator.

— Je jure, a-t-il dit en riant, mais rien qu'un peu.

Il a fini par me convaincre de retourner dans mon lit. Il a promis qu'il veillerait à ce que son ex ne vienne pas me rendre visite la nuit. Enfin, il ne l'a pas appelée comme ça. J'avais toujours envie de lui demander ce qui l'avait poussé à sortir avec une peste pareille, mais le moment m'a paru mal choisi. Vous me direz : y a-t-il vraiment un bon moment pour poser pareille question ? J'ignore comment Jesse espérait arrêter Maria si elle revenait. Étant mort depuis plus longtemps qu'elle, il avait davantage d'entraînement. En tant que fantôme, s'entend. Il était même très probable que Maria ne se soit jamais essayée à hanter personne avant moi. Les fantômes les plus vieux sont les plus puissants.

Il n'y a rien de plus étrange que s'endormir à côté de quelqu'un qui fait le guet. J'ai fini par m'y habituer, pourtant. C'était rassurant de le savoir là, avec Paillasson. Il lisait un livre qu'il avait dégoté dans la chambre de Doc, *Mille ans*. Il n'avait pas besoin de lumière, le halo qu'il projetait lui suffisait. Naturellement, ça aurait été plus romantique s'il m'avait couvée d'un regard amoureux, mais faute de grives on mange des merles, pas vrai ? Vous connaissez beaucoup de filles qui peuvent s'enorgueillir de connaître un garçon prêt à passer la nuit dans leur chambre dans l'unique but de leur éviter une visite déplaisante ? Je parie que vous ne pourriez même pas en citer une seule.

Je me suis enfin endormie, et quand j'ai rouvert les yeux Jesse était toujours là. Il avait fini *Mille ans* et avait attaqué un autre livre, en provenance de ma bibliothèque cette fois, *Sur la route de Madison*. Il trouvait apparemment cette lecture hilarante, même s'il faisait des efforts évidents pour ne pas rire à gorge déployée et me réveiller.

Bon sang que c'était gênant !

J'ignorais, alors, que c'était la dernière fois que je le voyais.

7

Ma journée est allée de mal en pis. Maria n'avait peut-être aucune envie de renouer avec son ex, mais elle était toujours aussi motivée pour me torturer. J'en ai eu le premier indice au petit déjeuner. Je venais de sortir une boîte de jus d'orange toute neuve de la porte du réfrigérateur et je m'apprêtais à me servir quand Stone a déboulé et me l'a arrachée des mains. Le cri de protestation qui allait franchir mes lèvres s'est transformé en hurlement de dégoût quand j'ai constaté que ce n'était pas du jus qui se déversait dans la bouche de mon demi-frère mais un flot d'insectes. Des centaines, des milliers d'insectes vivants, grouillant.

Stone a pris conscience de la situation environ un quart de seconde après moi. Il a balancé la boîte et couru à l'évier, où il a recraché ce qu'il pouvait, alors que les insectes continuaient à sortir du carton et à se répandre sur le sol.

J'ignore où j'ai trouvé le courage de faire ce que j'ai fait ensuite. S'il y a bien une chose que je déteste par-dessus tout, ce sont les insectes. C'est une des raisons, avec le sumac vénéneux, pour laquelle je ne suis pas une fille d'extérieur. Bien entendu, je n'ai rien contre la pauvre fourmi menacée de noyade dans une piscine, ni contre le papillon qui se pose sur mon épaule, mais montrez-moi un moustique, ou, Dieu m'en garde !, un cafard, et je décampe. Pourtant, en dépit de mon aversion pour tout ce qui est plus petit qu'une cacahuète, j'ai ramassé la boîte, vidé son contenu dans l'évier et ouvert le robinet.

— Nom de Dieu ! hurlait Stone en crachant dans l'évier. Pétard !

Enfin « Pétard ! » n'est pas le terme exact qu'il a employé. Vu les circonstances, je n'ai pas eu le cœur de le reprendre. Nos cris avaient attiré Dormeur et mon beau-père dans la cuisine. Ils sont restés plantés là, à regarder les centaines d'insectes qui pullulaient sur le carrelage.

— Écrasez-les ! ai-je hurlé.

Nous nous sommes mis à les piétiner de concert. Quand nous nous sommes arrêtés, il ne restait que quelques survivants : ceux qui avaient eu l'intelligence de se réfugier sous le réfrigérateur et les rares qui avaient réussi à atteindre la terrasse par la porte-fenêtre ouverte. La tâche avait été ardue, et nous avons dû tous reprendre notre souffle… à l'exception de Stone, qui s'est précipité dans la salle de bains en grognant, sans doute pour se faire un bain de bouche et s'assurer qu'il n'avait pas une antenne coincée dans les dents.

— On ne me reprendra plus à acheter bio, a conclu Andy quand je lui ai expliqué ce qui s'était produit.

Je devais lui reconnaître un certain sens de l'humour, même si je savais que le bio n'avait rien à voir là-dedans. C'était l'œuvre d'un ectoplasme. Andy a contemplé le massacre sur le sol de la cuisine.

— Il faut qu'on nettoie ça avant le retour de ta mère.

Il avait raison. Si je suis chochotte avec les insectes, je ne sais pas ce qu'est ma mère. Nous nous sommes mis à frotter et à gratter pour enlever toutes les traces que les entrailles des bestioles avaient laissées sur le carrelage. J'ai suggéré que nous nous fassions livrer même pour le petit déjeuner dorénavant. J'ignorais si Maria avait trafiqué d'autres aliments, mais je ne me serais fiée à rien de ce qui se trouvait dans notre cuisine. Andy a accueilli ma suggestion avec enthousiasme et s'est mis à déblatérer sur les invasions d'insectes qui saccageaient des récoltes entières, sans parler des maisons détruites par des termites – d'où l'importance de les fumiger régulièrement. Je me suis retenue de lui dire que ce type d'opération n'aurait aucun effet sur des insectes envoyés par un fantôme vengeur. Je doutais, en effet, qu'il comprenne de quoi je parlais. Andy ne croit pas aux fantômes. Quelle chance il a de pouvoir se le permettre…

Lorsque nous avons pu enfin, Dormeur et moi, partir au boulot, j'ai eu l'impression, un court moment, que les choses allaient s'arranger : nous n'avons même pas eu d'ennuis pour notre retard. Nous devions bien sûr cette indulgence à Dormeur, qui avait hypnotisé Caitlin. Ça a parfois du bon d'avoir des demi-frères.

Apparemment, les Slater ne s'étaient pas plaints de mon excursion en ville avec Jack, puisque ma chef m'a intimé de filer directement à leur suite. Alors que mes pieds s'enfonçaient dans la moquette moelleuse des couloirs de l'hôtel, je me suis fait la réflexion que cette bonne nouvelle était la preuve que derrière chaque nuage se cache un coin de ciel bleu. Pourtant, le doute s'est insinué en moi dès que la porte de la suite s'est ouverte sur

Jack. Il était flanqué de Paul, et ils portaient tous deux leur maillot de bain. Jack a fondu sur moi comme un chaton sur une pelote de laine.

— Tu sais quoi ? Paul ne joue ni au golf ni au tennis aujourd'hui. Il passe la journée avec nous. C'est super, non ?

— Mmmm.

— N'est-ce pas que c'est super, Suze ? a répété Paul.

— Oui, super.

Le docteur Slater et sa femme sont passés devant nous, en tenue de golf.

— Amusez-vous bien, les enfants, a lancé Nancy. Susan, nous avons des cours toute la journée. Tu resteras jusqu'à cinq heures, ça ne t'embête pas ? Parfait, alors, a-t-elle enchaîné sans attendre de réponse. Ciao.

Très bien, Suze, tu es capable de te tirer de ce mauvais pas. J'avais bien affronté une invasion d'insectes le matin même. J'étais tout à fait en mesure de supporter Paul Slater une journée entière. En revanche, je n'avais pas pensé que Jack me parlerait sans arrêt de son job de mediator, et que j'allais passer mon temps à lui demander de se taire.

— Ne t'inquiète pas, Suze, Paul est au courant.

C'était bien ce qui m'inquiétait justement. Paul

n'était pas censé être au courant. Ça aurait dû rester notre secret, à Jack et moi. Je ne voulais pas que cette balance de Paul y soit associée. J'ai prétendu que je ne comprenais pas ce que Jack racontait, ce qui n'était pas très agréable pour lui, mais quelle autre solution avais-je ? Heureusement, après cinq ou six tentatives infructueuses pour aborder le sujet, il a apparemment compris le message et s'est tu. Il faut dire que la piscine s'était remplie d'enfants, ce qui lui faisait beaucoup de sources de distraction.

J'en avais conclu que ma matinée avait été plutôt catastrophique et que l'après-midi ne pouvait qu'être meilleur. Je ne me suis jamais trompée à ce point. Après le déjeuner, les flics ont débarqué. J'étais affalée sur une chaise longue surveillant d'un œil Jack, qui jouait de façon plutôt turbulente avec les enfants que Kim gardait, et de l'autre Paul, qui faisait semblant de lire un quotidien mais qui, en réalité, nous espionnait, quand Caitlin s'est pointée. Elle était flanquée de deux armoires à glaces de la police de Carmel et avait l'air plutôt en pétard.

— Voici Susannah Simon, messieurs, a-t-elle annoncé d'une voix tremblante.

J'ai enfilé mon affreux short à toute vitesse, pendant que Kim dévisageait les flics comme s'ils étaient deux tritons tout juste surgis du fond de l'océan.

— Mademoiselle Simon, a lancé le plus grand des deux, nous aimerions échanger quelques mots avec vous.

J'ai discuté plus souvent qu'à mon tour avec la gent policière. Et pas parce que je suis dans un gang, comme Dormeur aime à se le figurer, mais parce que mon boulot de mediator m'oblige souvent à... m'arranger avec la loi.

Imaginons par exemple que Marisol n'ait pas rendu le chapelet à la fille de Jorge. Eh bien, pour accomplir les dernières volontés du pauvre homme, j'aurais été obligée de m'introduire chez sa sœur pour récupérer moi-même le chapelet et le poster anonymement à Teresa. N'importe qui comprendra qu'un tel acte, alors qu'il contribue au bien suprême et à l'ordre des choses, pourrait être mal interprété par les représentants locaux de la loi. Voilà la raison pour laquelle j'ai été interrogée à plus d'une reprise par les flics, au grand désespoir de ma pauvre mère. Cependant, à l'exception du malheureux accident qui s'était soldé par un séjour à l'hôpital, quelques mois plus tôt, je n'avais commis aucune infraction dernièrement. C'est donc avec une certaine curiosité, mais sans réelle appréhension que j'ai suivi les policiers

– MM. Nightly et Jones – derrière le restaurant de la piscine, près des bennes à ordures, sans aucun doute le seul endroit tranquille de l'hôtel pour discuter.

— Mademoiselle Simon, a commencé Nightly, le plus grand des deux, connaissez-vous un certain Docteur Clive Clemmings ?

J'ai reconnu que c'était le cas sans chercher à dissimuler ma surprise. C'était la dernière personne dont je m'attendais à entendre parler. J'avais plutôt imaginé quelque chose dans le genre : « Avez-vous quitté l'hôtel avec un enfant de huit ans sans la permission de ses parents ? »

— Pourquoi ? ai-je demandé. Est-ce qu'il va bien ?

— Malheureusement, non, a répondu le lieutenant Jones. Il est mort.

— Mort ?

J'avais besoin de prendre appui sur quelque chose, mais il n'y avait que les bennes, remplies à ras bord. Je me suis donc assise par terre.

Clive Clemmings ? Clive Clemmings était mort ? Comment ? Pourquoi ? Notre entrevue ne m'avait pas laissé un souvenir impérissable, mais j'espérais retourner le narguer une fois qu'on aurait déterré le corps de Jesse. Je n'en aurais pas l'occasion, apparemment.

— Qu'est-ce qui est arrivé ?

— Nous ne le savons pas avec certitude, a répondu le lieutenant Nightly. On a retrouvé son corps ce matin, dans son bureau de la société historique. Son décès serait dû à une crise cardiaque. D'après le registre de la réception, vous êtes une des rares personnes à lui avoir rendu visite hier.

J'avais oublié le registre. Flûte !

— Quand je lui ai parlé, il allait bien.

— Nous en sommes persuadés, mademoiselle. Ce n'est d'ailleurs pas le décès du docteur Clemmings qui nous amène, a rétorqué le lieutenant Nightly.

— Ah bon ?

Attendez une minute. Qu'est-ce qui se tramait ?

— Mademoiselle Simon, a repris l'autre officier, la personne qui a découvert le docteur, ce matin, s'est également rendu compte qu'un objet de valeur avait disparu. Un objet que M. Clemmings vous aurait apparemment montré hier.

Les lettres. Les lettres de Maria avaient disparu. Elle était venue les récupérer, Clive Clemmings l'avait aperçue, Dieu sait comment, et son palpitant avait lâché en apercevant, en chair et en os, la femme du tableau derrière son bureau.

— Il s'agit d'un petit portrait, a repris le lieutenant Nightly en se reportant à ses notes. Une miniature d'un certain Hector de Silva. La réceptionniste, Mme Lampbert, nous a expliqué que vous aviez marqué un grand intérêt pour cet objet.

Le portrait de Jesse ? Je m'attendais à tout sauf à ça. Je n'ai même pas eu besoin de feindre l'innocence, ma surprise était réelle.

— Je… j'ai vu le portrait, c'est vrai, mais je ne l'ai pas pris. Quand… quand je suis partie, le docteur Clemmings l'avait déjà remis en lieu sûr.

Les deux policiers ont échangé un regard. Ils n'ont pas eu le temps d'ajouter quoi que ce soit, cependant, parce que nous avions de la visite. Paul Slater.

— Y a-t-il un problème avec la baby-sitter de mon petit frère, messieurs ? a-t-il demandé d'une voix lasse, comme si les Slater étaient habitués à ce que leurs employés aient à faire aux forces de l'ordre.

— Jeune homme, a répondu le lieutenant Nightly d'un air outré, nous n'avons pas terminé notre entretien avec le témoin…

Paul a retiré ses lunettes de soleil et aboyé :

— Vous n'ignorez pas que mademoiselle Simon est mineure ? Ne devriez-vous pas l'interroger en présence de ses parents ?

Le lieutenant Jones s'est décomposé.

— Je vous demande pardon, monsieur

(Monsieur ! Il ne pouvait pas réellement croire que Paul avait plus de dix-huit ans, si ?), mais cette demoiselle n'est pas en état d'arrestation. Nous lui posons simplement quelques…

— Si elle n'est pas en état d'arrestation, elle n'est pas obligée de répondre à vos questions, si ?

Les deux policiers ont échangé un nouveau regard, puis le lieutenant Nightly a repris :

— Non, en effet, mais il y a eu un vol et nous avons toutes les raisons de croire qu'elle pourrait avoir des informations…

— Suze, l'a interrompu Paul en me regardant, ces messieurs t'ont-ils lu tes droits ?

— Euh… non.

— Tu as envie de discuter avec eux ?

— Euh…, ai-je hésité en considérant nerveusement les deux représentants de l'ordre. Pas vraiment, non.

— Alors, rien ne t'y oblige. Dis au revoir aux gentils policiers, a-t-il ajouté en me prenant par le bras pour m'aider à me relever.

— Je suis vraiment désolée que le docteur Clemmings soit mort, ai-je ajouté, mais je vous jure que j'ignore ce qui lui est arrivé. Tout comme j'ignore où se trouve ce portrait. Au revoir.

J'ai laissé Paul Slater m'entraîner. Je ne suis pas aussi docile, en temps normal, mais j'étais sous le choc. C'était peut-être le soulagement de ne pas avoir été emmenée au poste. Dès que nous avons été hors de vue des policiers, je me suis arrêtée et je l'ai attrapé par le poignet.

— Qu'est-ce qui t'a pris ?

Paul avait remis ses lunettes de soleil, j'avais du mal à déchiffrer l'expression de ses yeux, mais je crois qu'ils étaient rieurs.

— Comment ça ?

— Le côté cowboy solitaire qui vole au secours des faibles ? Arrête-moi si je me trompe, mais c'est bien toi qui menaçais de me balancer aux flics, hier ? Enfin, à mes employeurs ?

— Oui, a-t-il rétorqué en haussant les épaules, mais quelqu'un m'a fait remarquer qu'on n'attrape pas les mouches avec du vinaigre.

J'étais tellement vexée d'avoir été traitée de mouche que je ne me suis même pas interrogée sur l'identité de ce fameux conseiller. Il n'allait pas me falloir longtemps pour la découvrir, de toute façon.

8

J'avoue, j'ai accepté de sortir avec lui.

Et alors ? Il m'a demandé si je voulais aller manger un hamburger une fois que ses parents seraient rentrés, à cinq heures, et j'ai accepté. Pourquoi aurais-je refusé d'abord ? Qu'est-ce qui m'attendait à la maison ? Certainement pas la promesse d'un bon dîner. Ragoût de cafards ? Fricassée d'araignées ? Sans oublier le fantôme d'une folle qui avait refroidi son fiancé et comptait me réserver le même sort à la première occasion.

Je m'étais peut-être trompée sur le compte de Paul, j'avais sans doute été injuste. C'est vrai qu'il n'y était pas allé de main morte, la veille, mais il s'était plus que largement rattrapé en mettant un terme à mon petit entretien avec la police.

D'ailleurs, il n'a pas eu le moindre geste déplacé, et quand j'ai demandé à rentrer, il m'a gentiment raccompagnée chez moi. Et ce n'est pas sa faute s'il n'a pas pu se garer devant la maison à cause des voitures de flics et des ambulances qui bloquaient le passage.

À ce moment-là, je me suis fait la promesse de m'acheter un téléphone portable avec l'argent gagné cet été. J'ai besoin d'être joignable à tout moment, même quand je vais au restaurant avec un type. J'ai quasiment sauté de la voiture en marche, et je me suis précipitée dans le jardin, où il y avait un attroupement. Un périmètre de sécurité avait été délimité autour du trou qui aurait dû accueillir le jacuzzi. Quelqu'un m'a attrapée par la taille et soulevée dans les airs avant que je n'aie le temps d'atteindre mon but : découvrir ce qui se cachait au fond de la cavité, ou plutôt avoir la confirmation qu'il s'agissait bien, comme je le soupçonnais, d'un cadavre.

— Reste là, ma belle, il n'y a rien à voir là-bas, m'a dit Andy.

Il était couvert de terre et de transpiration, ce qui ne lui ressemblait pas du tout.

Le soleil n'avait pas encore complètement disparu à l'horizon, mais j'avais l'impression que le jardin était plongé dans l'obscurité. Comme si j'étais dans un tunnel obscur et que je n'apercevais qu'un minuscule point lumineux à l'extrémité.

— Où est maman ?

— Elle va bien, tout le monde va bien.

Le point lumineux a commencé à s'élargir. J'ai aperçu le visage de ma mère, qui m'observait avec inquiétude depuis la terrasse. Stone était à ses côtés, il ne s'était pas départi de son sourire idiot. Je me suis retournée vers le trou. Un brancard en sortait. Un sac en plastique noir – vous savez, de ceux qu'on voit à la télé – était posé dessus.

— Qui est-ce ? ai-je demandé.

— Personne ne sait, mais la mort remonte apparemment à très longtemps. Ce n'est vraisemblablement pas quelqu'un de notre connaissance.

Le visage de Stone est apparu dans mon champ de vision.

— C'est un squelette, m'a-t-il informée avec un plaisir sadique évident. C'était géant, Suze, tu aurais dû voir ça ! J'ai planté ma pelle dans son crâne, il a craqué comme une coquille d'œuf.

C'en était trop pour moi. Mon champ de vision s'est de nouveau rétréci. J'ai tout de même eu le temps de voir qu'un objet tombait du brancard, au moment où celui-ci passait près de moi. Il a atterri à mes pieds. C'était un morceau de tissu sale et élimé, pas plus grand que ma main. On aurait pu le prendre pour un petit chiffon, si ses bordures n'étaient pas ornées de lambeaux de dentelle. Dans un coin, on distinguait des initiales brodées : MDS.

Maria de Silva.

Il s'agissait du mouchoir que Jesse m'avait tendu, la veille, pour sécher mes larmes. Seulement, celui-là était réel, il avait subi les outrages du temps. Et il s'était échappé du sac en plastique contenant les os de Jesse. Je me suis détournée pour vomir mon repas au pied de la maison. Inutile de préciser qu'à l'exception de ma mère personne n'a montré beaucoup de compassion. Stone a décrété qu'il n'avait jamais rien vu de plus immonde. Il avait apparemment oublié son petit déjeuner d'insectes. Andy s'est contenté d'aller chercher le tuyau d'arrosage. Quant à Dormeur, toujours aussi stoïque, il a expliqué qu'il devait mettre les bouts pour ne pas être en retard à la pizzeria.

Ma mère a insisté pour m'accompagner dans ma chambre, alors que c'était la dernière chose dont j'avais besoin. Le corps de Jesse venait de me passer sous les yeux, et je n'avais qu'une envie, en discuter avec lui, ce qui était impossible en présence de ma mère.

J'ai cru que si je la laissais s'occuper de moi pendant une demi-heure elle serait rassurée, mais elle est restée bien plus longtemps : elle m'a forcée à prendre une douche, puis à enfiler le pyjama en soie qu'elle m'avait offert pour la Saint-Valentin (ce qui était d'autant plus pathétique que je n'avais pas eu d'autre cadeau). Elle a aussi insisté pour me brosser les cheveux, comme elle le faisait lorsque j'étais petite. Il fallait parler, aussi, bien sûr. Elle avait une tonne de choses à dire sur le squelette qu'Andy et Stone avaient trouvé. Elle a tenu à souligner que sûrement c'était celui d'un « pauvre homme » ayant trouvé la mort lors d'une fusillade, à l'époque où notre maison était une pension pour les mercenaires, les bandits et quelques honnêtes gens. Elle m'a expliqué que la police traiterait l'affaire comme un homicide classique tant que le médecin légiste n'aurait pas déterminé depuis combien de temps le corps était là, mais, comme le type portait des éperons (des éperons !), elle supposait que le médecin en arriverait à la même conclusion qu'elle, à savoir que la victime était morte bien avant notre naissance à tous.

Elle voulait me rassurer. Mais comment y serait-elle parvenue ? Elle ne se doutait pas une seconde de la cause de ma contrariété. Je ne suis pas comme Jack, je n'ai jamais vendu la mèche. Ma mère ignorait que je savais à qui appartenait ce squelette. Elle ignorait que, la veille, il était assis sur la banquette de ma chambre et se moquait de *Sur la route de Madison*. Et que, quelques heures plus tôt, il m'avait embrassée – sur le front, c'est vrai, n'empêche.

Quand elle s'est décidée à partir, j'ai poussé un soupir de soulagement, croyant que j'allais pouvoir me détendre. Mais je m'étais sacrément fourré le doigt dans l'œil : elle n'avait pas du tout l'intention de me laisser seule. Je l'ai découvert deux minutes plus tard, lorsque Andy m'a crié que Doc voulait me parler au téléphone. Je n'étais pas d'humeur, mais j'ai décroché, et une petite voix guillerette s'est élevée à l'autre bout du fil. Eh oui. Doc.

— Suze, comment ça va ?

À l'évidence, il connaissait déjà la réponse à cette question. Ma mère avait dû lui demander de m'appeler. Elle sait, évidemment, que c'est le seul de mes demi-frères que je supporte, et elle a probablement pensé que je lui raconterais ce que j'avais sur le cœur et qu'elle pourrait ensuite lui soutirer des informations. Ce n'est pas pour rien que ma mère est une journaliste télé primée.

— Suze ? a repris Doc. Ta mère m'a parlé de… ce qui est arrivé ? Tu veux que je rentre ?

Je me suis laissée tomber sur mon lit.

— Non ! Pourquoi je voudrais une chose pareille ?

— À cause de Jesse, a-t-il répondu en baissant la voix, comme s'il craignait qu'on nous espionne.

Doc était le seul autre membre de la maisonnée à savoir que Nous-ne-sommes-pas-vraiment-seuls-sur-Terre. Un jour que je m'étais retrouvée dans un sacré pétrin, Jesse était allé le trouver. Doc avait eu la peur de sa vie, mais il m'avait aidée. Et il était prêt à recommencer. Mais que pouvait-il faire ? Rien. En plus il serait en danger s'il revenait. Je ne voulais pas qu'il soit assailli par des insectes.

— Non, David, ce n'est pas la peine. Reste où tu es. Tout va bien, je te promets.

Il a eu l'air déçu.

— Suze, tout ne va pas bien. Tu ne veux pas en parler, au moins ?

Mais bien sûr ! Je ne rêvais que d'une chose : discuter de ma vie amoureuse – ou de son absence plutôt – avec mon demi-frère de douze ans !

— Pas vraiment.

— Écoute, Suze, j'imagine que ça a dû être perturbant de voir son squelette, mais tu dois te rappeler que nos corps ne sont que les vaisseaux dans lesquels nos âmes voyagent lorsque nous sommes sur Terre. Le corps de Jesse n'a… plus rien à voir avec lui, maintenant.

Facile à dire pour lui, il n'avait jamais vu les

abdos de Jesse. Remarquez, ils ne l'auraient sans doute pas beaucoup intéressé…

— Je suis sérieux, Suze. Jesse aura sans doute d'autres corps. D'après les hindous, nous changeons d'enveloppe corporelle plusieurs fois. On continue à se réincarner tant que le karma n'est pas positif.

— Ah bon ?

Je fixais le tissu de mon lit à baldaquin. Je n'en revenais pas d'avoir cette conversation. Avec un gamin de douze ans en prime.

— Bien sûr. La plupart d'entre nous, en tout cas. À moins d'avoir un karma positif dès le début, mais ça n'arrive presque jamais. Tu vois, le problème de Jesse, c'est que son karma est perturbé et qu'il s'est perdu sur le chemin du Nirvana. Il lui suffira de trouver le corps dans lequel il est sensé se réincarner ensuite, et tout ira bien pour lui.

— David ? Tu es sûr d'être dans un camp d'informatique ? J'ai plutôt l'impression qu'on t'a déposé par erreur dans un ashram pour apprendre le yoga.

— Écoute, a-t-il repris en soupirant, je dis simplement que le squelette que tu as vu n'était pas Jesse. Ça n'a plus rien à voir avec lui. Tu n'as donc pas vraiment de raison d'être contrariée, d'accord ?

Il était temps de changer de sujet.

— Alors, il y a des jolies filles dans cette colo ?

— Suze, ne…

— J'en étais sûre ! Comment elle s'appelle ?

— Tais-toi ! Écoute, je dois y aller, mais rappelle-toi ce que je t'ai expliqué. Je rentre dimanche, on en reparlera à ce moment-là.

— Entendu, à dimanche !

— À dimanche ! … Et, Suze ?

— Oui, Doc… je veux dire David ?

— Sois prudente, d'accord ? Felix, le type qui aurait tué Jesse, a l'air plutôt… méchant. Surveille tes arrières.

— Salut !

Qu'est-ce que je pouvais répondre ? « Ce n'est pas Felix Diego dont je dois me méfier, fiston » ? J'étais tellement bouleversée que je me sentais incapable d'affronter qui que ce soit. Et j'étais loin d'être au bout de mes contrariétés. Paillasson est entré par la fenêtre ouverte, et il s'est mis à miauler en fouillant la pièce du regard.

Jesse n'est pas venu.

Je l'ai appelé, en vain. En règle générale, les fantômes ne rappliquent pas comme ça. Sauf Jesse. Dernièrement, il se pointait même avant que je n'aie le temps de prononcer son prénom. Il me suffisait de penser à lui, et bam ! il apparaissait. Mais pas cette fois.

J'ai tenté de garder mon calme. J'ai rempli la gamelle de Paillasson. Je me suis répété que tout allait bien. Que Jesse était peut-être occupé. Après tout, on venait de retrouver son squelette. Il l'avait sans doute suivi jusqu'à l'endroit où les policiers l'avaient emmené, à la morgue ou ailleurs. Ce doit être traumatisant d'assister à l'exhumation de son propre cadavre. Jesse ne connaissait rien à l'hindouisme et au karma. En tout cas, pas à ma connaissance. Je parierais qu'il ne considérait pas son corps comme le « vaisseau de son âme ». C'était ça : il était à la morgue pour voir ce qu'on trafiquait avec sa dépouille.

Les heures ont passé, pourtant. Et quand, à la nuit tombée, Paillasson, qui sort généralement chasser la vermine du quartier et les chihuahuas qui lui tombent sous la patte, est venu se blottir contre moi, sur mon lit, où j'étais occupée à feuilleter des magazines sans intérêt, j'ai su… J'ai su que quelque chose ne tournait pas rond, parce que ce chat ne peut pas me sacquer, même si je suis la seule à le nourrir. Sa présence à mes côtés ne pouvait signifier qu'une seule chose : l'univers était en train de s'effondrer, parce que Jesse ne reviendrait pas.

Sauf qu'il a promis, me suis-je répété alors que la panique montait. *Il a juré.*

Comme les minutes continuaient à s'écouler, et que je n'avais toujours aucun signe de lui, j'ai fini par accepter la réalité. Jesse était parti. Son corps avait été retrouvé, ce qui signifiait qu'il n'était plus porté disparu et qu'il n'avait plus besoin de hanter ma chambre. J'avais raison ! Il avait l'air si sûr de lui, pourtant… Il avait même ri. Il avait ri comme si ce que je disais était ridicule.

J'ai essayé d'appeler mon père. Pas au téléphone bien sûr, vu qu'il est mort, lui aussi. Non, j'ai essayé de le contacter dans la dimension astrale où il se trouve. Naturellement, il ne s'est pas non plus manifesté. En même temps, il me rend visite beaucoup moins souvent que Jesse.

Je tiens à préciser que je n'ai pas l'habitude de paniquer. En temps normal, je suis plutôt une femme d'action. Un problème se présente, je botte des fesses. Voilà comment je fonctionne. Mais là… Je ne sais pas pourquoi, j'étais incapable d'avoir les idées claires. Je suis restée assise dans mon pyjama en soie vert à me répéter en boucle : qu'est-ce que je dois faire ? qu'est-ce que je dois faire ? Sérieux, je débloquais carrément.

Voilà comment s'explique la suite des événements. Comme j'étais incapable de prendre une décision toute seule, j'avais besoin que quelqu'un me dicte ma conduite. Et pas n'importe qui.

J'étais obligée de chuchoter, parce qu'il était onze heures passées et que tout le monde, à part moi, dormait.

— Est-ce que le père Dominic est là ? ai-je demandé.

La personne à l'autre bout du fil – un vieux, à en croire sa voix – a répondu :

— Comment, ma petite ? Je t'entends mal.

— Le père Dominic, ai-je dit aussi fort que possible. S'il vous plaît, il faut que je parle tout de suite au père Dominic.

— Bien sûr, ma petite. Dom ! Dom ! Téléphone pour toi !

Dom ? De quel droit cet homme l'appelait-il ainsi ? Il aurait pu lui montrer un peu de respect ! Mon indignation a fondu comme neige au soleil en entendant la douce voix grave du père Dominic. Je ne m'étais pas rendu compte à quel point il m'avait manqué pendant les vacances.

— Allô ?

— Père Dominic, ai-je dit.

Le terme « dire » est mal choisi… Je l'admets, je pleurais carrément.

— Susannah ? Pourquoi pleures-tu ? Tout va bien ?

— O-oui. Ce n'est pas moi. C'est J-Jesse.

— Jesse ?

Sa voix avait changé d'intonation, comme chaque fois que nous abordions le sujet Jesse. Il lui avait fallu un peu de temps pour s'y habituer. Et je peux le comprendre. Le père Dom est non seulement prêtre mais aussi proviseur d'un lycée catholique. Il n'est pas censé se réjouir à l'idée qu'un garçon partage ma chambre… même s'il est mort. Si, pour le commun des mortels, les fantômes sont immatériels, pour les mediators ils sont faits de chair et d'os. Je ne peux pas passer la main au travers de Jesse, contrairement à tout le monde. Enfin, tout le monde sauf Jack et Père Dom. Bref, voilà pourquoi Père Dom n'est pas dingue de Jesse, bien qu'il m'ait sauvé la peau à plus d'une reprise. Pour lui, Jesse reste avant tout un garçon et… bref, inutile de vous faire un dessin. Je n'ai évidemment pas partagé ces réflexions avec le père Dom, non, je me suis contentée de lui raconter Maria, le couteau, les insectes, la mort de Clive Clemmings, le vol du portrait, la découverte du cadavre de Jesse et sa disparition.

— Il m'avait promis, ai-je achevé en sanglotant. Il avait juré que ce n'était pas ce qui le retenait ici. Mais maintenant il est parti, et…

La voix du père Dominic était apaisante.

— Très bien, Susannah. Je comprends, je comprends. Les forces en œuvre dépassent apparemment les pouvoirs de Jesse, et, me permettrai-je d'ajouter, les tiennes. Je suis heureux que tu m'aies appelé. Tu as eu raison. Écoute-moi, maintenant, tu vas faire exactement ce que je dis.

J'ai reniflé. J'étais tellement soulagée que quelqu'un m'explique enfin comment agir. En temps normal, c'est la dernière chose que je supporte, mais, là, j'étais pendue au téléphone dans l'attente des instructions du père Dominic.

— Tu es dans ta chambre, j'imagine ?

— Oui.

— Bien. Alors va réveiller ta famille, et répète-leur ce que tu viens de m'expliquer. Ensuite, quittez cette maison. Quittez cette maison aussi vite que possible, Susannah !

J'ai écarté le combiné de mon oreille et je l'ai considéré comme un objet étrange. Sérieux. Ce que Père Dom venait de dire avait autant de sens que les bêlements d'un mouton.

— Susannah ? Tu m'as entendu ? Je suis parfaitement sérieux. Un homme a déjà perdu la vie. Je suis persuadée qu'un membre de ta famille risque la sienne. Tu dois tous les éloigner de la maison.

Je sais, j'ai dit que je n'avais pas les idées claires. Enfin, pas à ce point-là !

— Père Dom, je ne peux pas leur raconter…

— Si, Susannah. J'ai toujours pensé que c'était une erreur d'avoir caché ton don à ta mère pendant toutes ces années. Il est temps de lui en parler.

— J'aimerais bien vous y voir…

— Susannah, les insectes, ce n'était que le début. Si l'esprit démoniaque de cette Maria de Silva prend possession de la maison, des horreurs telles que… enfin des horreurs que ni toi ni moi ne pouvons imaginer se produiront…

— Prendre possession de la maison ? Écoutez-moi, Père Dom, elle a peut-être mis la main sur mon amoureux, mais elle n'aura pas ma maison.

— Susannah, a-t-il soupiré d'une voix lasse, je t'en prie, obéis-moi. Partez, ta famille et toi, avant qu'un drame n'arrive. Je comprends que tu sois bouleversée, mais tu dois te faire à l'idée que Jesse est mort. Toi, tu es encore en vie, et nous devons veiller à ce que tu le restes. Je pars sur-le-champ, je suis à six heures de voiture. Je te promets d'arriver dans la matinée. Une application minutieuse d'eau bénite devrait chasser les derniers mauvais esprits de la maison, mais…

Paillasson m'avait rejointe. J'ai cru qu'il allait, à son habitude, me mordre, mais il a poussé un long hurlement plaintif.

— Mon Dieu, s'est écrié le père Dominic. C'est elle ? Elle est déjà là ?

J'ai gratté Paillasson derrière son unique oreille, surprise qu'il me laisse le toucher.

— Non, c'était le chat. Jesse lui manque.

— Susannah, j'imagine combien tu souffres. Pense que, où qu'il se trouve, Jesse est bien mieux qu'il ne l'a été au cours des cent cinquante dernières années, coincé dans les limbes entre ce monde et l'au-delà. Je sais que c'est difficile, mais tu dois t'efforcer de te réjouir pour lui. Et pense qu'il aurait voulu que tu prennes soin de toi, Susannah, que tu te mettes à l'abri avec ta famille…

Il avait raison, c'était effectivement ce que Jesse aurait souhaité. Et j'étais là, dans mon pyjama en soie verte, à pleurnicher au lieu d'agir.

— Père Dom, l'ai-je interrompu. Y a-t-il des de Silva dans le cimetière de la Mission ?

Surpris par le tour inattendu que prenait la conversation, le père Dominic a répondu :

— … de Silva ? Je n'en ai pas la moindre idée, Susannah. Je ne pense pas…

— Attendez une minute. J'ai encore oublié qu'elle avait épousé un Diego. La famille Diego a une crypte, non ?

J'ai essayé de me représenter le petit cimetière juste derrière la basilique de la Mission, avec ses hauts murs. Il n'abrite que peu de tombes, principalement celles des moines ayant côtoyé Junipero Sierra, le fondateur de la Mission au XVIIIe siècle. Au XIXe siècle, certains propriétaires terriens fortunés avaient obtenu le droit de construire, dans un coin, un mausolée, en échange du don d'une partie de leur fortune à l'Église. Le plus grand de ces mausolées, si mes souvenirs remontant à une sortie avec notre prof d'histoire étaient bons, avait le nom DIEGO gravé au-dessus de sa porte.

— Susannah…

Pour la première fois, les intonations du père Dominic trahissaient autre chose qu'un sentiment d'urgence. Il avait l'air effrayé.

— Susannah, je sais ce que tu as derrière la tête, et je… je te l'interdis ! Tu ne dois pas t'approcher de ce cimetière, tu m'entends ? Tu ne dois pas t'approcher de cette crypte ! C'est beaucoup trop dangereux…

Justement ce que j'aime. Évidemment, je me suis bien gardée de le lui dire.

— Très bien, Père Dom, vous avez raison. Je vais réveiller ma mère, je lui raconterai tout. Et nous débarrasserons le plancher.

Il était si estomaqué qu'il en est resté muet pendant une minute. Quand il a enfin retrouvé sa voix, il a conclu :

— Bien. Alors… c'est parfait. Oui, évacue la maison. Et ne commets pas d'imprudence, Susannah, comme convoquer le fantôme de cette femme avant mon retour. Promets-le-moi.

Comme si les promesses avaient encore de la valeur. Regardez Jesse. Il m'avait promis de ne pas partir… J'avais été trop lâche pour lui avouer ce que j'éprouvais, et maintenant je n'en aurais plus jamais l'occasion.

— Bien sûr, je vous le promets.

Je suis sûre qu'il savait que je n'étais pas sincère.

9

Chasser des fantômes n'est pas une mince affaire, croyez-moi. Il ne suffit pas de leur donner un coup de pied au derrière pour qu'ils déguerpissent. Malheureusement. Pour autant, botter des fesses a une vertu thérapeutique. Surtout sur quelqu'un qui broie du noir. Parce que c'est exactement ce qui m'arrivait. En réalisant que je reverrais plus jamais Jesse, je me suis d'abord assise pour verser toutes les larmes de mon corps. Mais ensuite il s'est passé un truc. La tristesse a cédé le pas à la colère. À la rage même. Ce n'est pas que je ne voulais pas tenir ma promesse au père Dom. J'aurais adoré lui faire ce plaisir. Seulement, j'en étais incapable. Tout comme Jesse avait été incapable de tenir la sienne.

Moins de quinze minutes après avoir raccroché

le téléphone, je sortais de ma salle de bains revêtue de mes plus beaux atours pour botter des fesses ectoplasmiques – en l'absence de Jesse, j'aurais pu me changer dans ma chambre, mais les vieilles habitudes ont la dent dure. Je n'avais pas oublié mon sweat-shirt à capuche, qui pourrait sembler superflu en plein mois de juillet, mais il était minuit passé, et le petit vent en provenance de l'océan au lever du jour est frais.

Je ne voudrais pas que vous pensiez que je n'ai pas considéré la suggestion du père Dom de tout raconter à ma mère et d'évacuer la maison Ackerman. Je l'ai même considérée très sérieusement. Seulement, plus je la méditais, plus elle me semblait ridicule. Pour commencer, ma mère est journaliste. Elle est du genre à ne croire que ce qu'elle voit, ou ce qui a été démontré par la science. La seule fois où j'ai tenté de lui parler de mon don, elle n'a ajouté aucune foi à mes propos. Je me voyais donc mal débarquer dans sa chambre et lui annoncer qu'elle devait quitter la maison avec son nouveau mari parce qu'un esprit vengeur en avait après moi. Elle appellerait aussi sec sa psy new-yorkaise pour obtenir le nom d'institutions où m'envoyer me « reposer ».

Cette option était exclue, mais ça n'avait aucune importance, j'en avais une bien meilleure. Une à laquelle j'aurais pensé sur-le-champ, si je n'avais pas été perturbée par ce brancard. Au lieu d'attendre que Maria vienne à moi, c'est moi qui irais à elle et qui... la renverrais d'où elle venait. Ou la réduirais en tas de gélatine, selon la situation. Les fantômes ont beau être des morts, ils éprouvent toujours la souffrance physiquement, comme ces gens qui ont perdu un membre et le sentent encore, de temps à autre. Les fantômes savent que recevoir un coup de couteau dans le sternum est douloureux, et donc ils ont mal. Leurs blessures saignent même parfois. Bien sûr, ils se remettent très rapidement, et leurs plaies se referment. Ce qui a un côté décourageant, quand on songe que celles qu'ils m'infligent ne guérissent pas aussi vite. Peu importe, ça permet de se défouler, et Maria allait en faire l'expérience. Avec un peu de chance, son mari serait dans les parages et je pourrais lui administrer le même traitement. Qu'arriverait-il si les choses ne tournaient pas comme prévu et qu'ils prenaient le dessus ? C'était justement ça le meilleur : je m'en fichais complètement. J'avais tellement pleuré que je n'éprouvais plus une seule émotion. J'étais vidée. Anesthésiée. À tel point qu'en me laissant tomber sur le toit devant ma fenêtre – j'avais l'habitude de passer par là pour sortir en douce – je n'ai même pas prêté attention aux détails qui m'importaient généralement, comme les ombres noires et grises que la lune projette sur le paysage, ou l'odeur du pin géant. Tout m'était égal.

Je m'apprêtais à sauter lorsqu'une lueur plus puissante que celle de la lune est apparue dans mon dos. Je l'avoue : j'ai cru que c'était Jesse. Ne me demandez pas pourquoi. C'est vrai, ça allait à l'encontre de toute logique. Mais c'est comme ça. Mon cœur a fait un bond, et je me suis retournée... Maria se trouvait à moins de deux mètres de moi, sur le toit en pente recouvert d'aiguilles de pin. Elle était exactement comme sur le tableau du bureau de Clive Clemmings, élégante et hautaine.

— Tu as l'intention d'aller quelque part, Susannah ?

— J'en *avais* l'intention..., ai-je répondu en ôtant ma capuche. Puisque tu es là, c'est devenu inutile. Inutile d'aller jusqu'à ta tombe puante pour te botter les fesses.

Maria a haussé ses sourcils parfaitement dessinés.

— Quel langage ! s'est-elle exclamée (si elle avait eu un éventail, elle l'aurait utilisé façon Scarlett O'Hara). Qu'ai-je donc fait pour mériter que tu me tances aussi vertement ? On n'attrape pas les mouches avec du vinaigre, tu sais...

— Et toi, tu sais très bien ce que tu as fait. Primo, les insectes dans le carton de jus d'orange, ai-je dit en m'approchant d'elle.

— Oui, a-t-elle répondu en écartant une mèche de cheveux qui s'était échappée de son chignon, j'étais sûre que ça te plairait.

— Secundo, l'assassinat du docteur Clemmings, ai-je poursuivi en avançant encore. Rien ne t'obligeait à le tuer, si ? Tu voulais simplement récupérer le portrait de Jesse, n'est-ce pas ?

— C'est vrai, a-t-elle reconnu en affichant une moue boudeuse. Je n'avais pas l'intention de l'assassiner. Mais quand j'ai découvert le portrait, *mon* portrait, au-dessus de son bureau, ça a été plus fort que moi. Nous ne sommes même pas apparentés. De quel droit possèdait-il une si belle reproduction ? Pour l'accrocher dans un bureau si misérable, de surcroît ? Ce portrait ornait ma salle à manger autrefois ; il trônait au-dessus d'une table pouvant accueillir jusqu'à vingt personnes.

— Ouais, eh bien moi, j'en déduis qu'aucun de tes descendants n'en a voulu. Tu n'as engendré qu'une bande de crapules et d'imbéciles ; ton éducation laissait sans doute à désirer.

Pour la première fois, Maria semblait sincèrement contrariée. Elle a voulu rétorquer, mais je l'ai interrompue.

— Ce que je ne pige pas, c'est la raison pour laquelle tu voulais la miniature. À quoi bon ? À moins que ton seul objectif ait été de m'attirer des ennuis…

— Ce serait une raison suffisante, tu ne crois pas ?

— Sans doute. Sauf que ça n'a pas marché.

— Pas encore… Il nous reste du temps.

J'ai secoué la tête avant de répondre.

— Bon sang… Bon sang, ce que tu vas prendre…

— C'est vrai, j'oubliais, a-t-elle dit en gloussant derrière son gant en dentelle, tu dois m'en vouloir terriblement. Il est parti, n'est-ce pas ? Je parle d'Hector. Quel terrible coup ce doit être pour toi… Je sais combien tu l'appréciais…

À cet instant précis, j'aurais pu lui sauter à la gorge. J'aurais sans doute dû, d'ailleurs. Mais j'ai pensé qu'elle avait peut-être des informations sur Jesse – comment il allait, et même l'endroit où il se trouvait. Ce n'était pas malin, j'en conviens, mais regardez les choses sous cet angle : Jesse n'était pas seulement mon… amoureux, il était aussi l'un de mes meilleurs amis.

— Ouais, je l'appréciais. En revanche, les trafiquants d'esclaves, ce n'est pas vraiment ma tasse de thé. Mais toi, tu as préféré en épouser un, non ? Ton père a dû être drôlement fier de toi !

Cette fois, le sourire a complètement disparu de son visage.

— Laisse mon père en dehors de tout ça !

— Et pourquoi ? Il ne serait pas en pétard contre toi, par hasard ? Il ne t'en voudrait pas d'avoir tué Jesse ? Parce que moi, je crois que oui. C'est vrai, à cause de toi la lignée des de Silva s'est éteinte. Et les enfants que tu as eus avec ce toto sont devenus, on en a déjà parlé, de gros nazes. Je parie que chaque fois que tu tombes sur ton père, dans la dimension cosmique, il t'ignore. Ça doit être drôlement humiliant.

Je ne sais pas ce que Maria a compris exactement – à supposer qu'elle ait compris quoi que ce soit –, en tout cas, elle a eu l'air très contrariée.

— Je t'avais prévenue ! Je t'avais dit de t'arranger pour que ta famille arrête de creuser, mais tu ne m'as pas écoutée ! C'est ta faute, si tu as perdu ton précieux Hector. Si tu m'avais écoutée, il serait encore là. Tu as cru qu'en tant que *mediator* tu valais mieux que nous… que moi ! Mais tu n'es rien ! Rien, tu m'entends ? Qui sont les Simon ? Je te le demande ! Personne ! Alors que moi, Maria Teresa de Silva, je suis de lignée royale !

J'ai éclaté de rire. Enfin, franchement, fallait pas pousser.

— Ah oui ? Et tu trouves que c'est royal de faire assassiner son fiancé ?

La fureur de Maria assombrissait son front, comme si un orage couvait au-dessus de sa tête.

— Hector est mort pour avoir rompu nos fiançailles. Il pensait pouvoir me couvrir de honte devant tout le monde. Moi ! Il savait pourtant qu'un sang royal coulait dans mes veines. Imaginer que j'accepterais...

Waouh, c'était une nouvelle de taille !

— Attends ! Il a fait *quoi ?*

Maria était lancée dans sa diatribe, impossible d'obtenir une réponse claire.

— Comme si moi, Maria de Silva, j'étais de celles qui se laissent humilier sans moufter. Il a voulu me retourner mes lettres et m'a demandé les siennes en échange... ainsi que sa bague de fiançailles. Il ne pouvait pas m'épouser après ce qu'il avait appris sur notre compte, à Felix et moi... Est-ce qu'il ignorait à qui il s'adressait ? Il ignorait donc qu'il avait affaire à une de Silva ? a-t-elle repris en partant d'un éclat de rire cruel.

Je me suis éclairci la gorge avant de répondre :

— Je crois au contraire qu'il le savait pertinemment. Il appartenait à la même famille, non ? Vous n'étiez pas cousins ou un truc dans le genre ?

Maria a fait une grimace.

— Oui, à ma grande honte, je partageais mon nom... et mes grands-parents avec ce... (elle a utilisé un nom espagnol qui n'avait pas l'air flatteur). On ne badine pas avec moi. Il n'y avait pas un homme dans le comté qui n'aurait été prêt à tuer pour avoir l'honneur de m'épouser.

— En tout cas, un homme du comté, au moins, a perdu la vie pour avoir refusé cet honneur.

— Il m'avait insultée ! Pourquoi en aurait-il été autrement ?

— Mmmm... peut-être parce que c'est un crime ? Et parce que pour assassiner un type sous prétexte qu'il refuse de vous épouser il faut être complètement cinglée. Ce que tu es. Je suis surprise, d'ailleurs, que ce trait de ton caractère n'apparaisse dans aucune des annales de l'époque. Mais ne t'inquiète pas, je vais veiller à transmettre l'info.

L'expression de Maria a changé, la cruauté remplaçant le dégoût et l'irritation. Ce qui était assez plaisant à observer. Si cette greluche pensait que quiconque se souciait de ce qu'elle avait pu faire il y a plus d'un siècle et demi, elle se fourrait le doigt dans l'œil. Elle avait réussi à tuer la seule personne qui aurait pu y trouver un semblant d'intérêt : Clive Clemmmings, docteur ès histoire. Apparemment, elle n'était pas prête à ravaler son petit couplet – « nous, les de Silva, nous descendons des rois d'Espagne » –, parce qu'elle s'est avancée en faisant voler ses jupons et en hurlant de sa voix de crécelle :

— Idiote ! J'ai dit à Felix que tu étais trop stupide pour nous causer le moindre problème, mais je constate que j'ai eu tort. Tu confirmes tout ce que j'ai entendu sur les mediators… De quoi te mêles-tu, répugnant personnage ?

J'étais flattée, sincèrement. Personne ne m'avait jamais traitée de répugnant personnage.

— Si moi, je suis répugnante, que dire de toi ? Non, attends, laisse-moi trouver. Que tu n'es qu'une pétasse hypocrite qui poignarde les gens dans le dos. J'ai bon ?

J'avais à peine terminé qu'elle tirait son couteau de sa manche pour le pointer, une fois de plus, sur ma gorge.

— Je ne te poignarderai pas dans le dos, je te le promets. J'ai l'intention de redessiner ton visage.

— Je t'en prie, ai-je dit en saisissant le poignet de son bras armé. Tu veux savoir quelle énorme erreur tu as commise ?

Elle a grogné quand, d'un mouvement rapide, je

lui ai tordu le bras dans le dos – j'avais appris cette prise au tae kwan do.

— Tu n'aurais jamais dû affirmer que c'était ma faute si j'avais perdu Jesse. Jusque-là j'avais de la peine pour toi. Maintenant je n'éprouve plus que de la colère.

En appuyant mon genou dans son dos, je l'ai plaquée sur le toit, face contre terre.

— Et quand je suis en pétard, ai-je poursuivi en lui arrachant le couteau, j'ignore ce qui me prend, mais je me mets à frapper les gens. Je n'y vais pas de main morte.

Maria n'avait pas écouté mon petit laïus en silence. Elle poussait des hurlements – principalement en espagnol. Je l'ai ignorée. J'étais la seule à pouvoir l'entendre de toute façon.

— J'en ai parlé à la psy de ma mère, ai-je poursuivi en balançant le couteau dans la cour, aussi loin que possible, tout en maintenant la pression de mon genou sur sa colonne vertébrale. Tu sais ce qu'elle a dit ? Elle a dit que je me mettais beaucoup trop facilement en colère.

Je me suis penchée et, de ma main libre, j'ai attrapé une poignée de boucles anglaises pour attirer la tête de Maria vers moi.

— Et tu sais ce que je lui ai répondu ? Que ce

n'était pas ça le problème. Que c'était parce que les gens… font… tout… pour… m'énerver…

Afin que le message passe bien, j'ai détaché chacun des mots de ma dernière phrase, et je les ai ponctués en frottant le visage de Maria contre les tuiles. Quand je l'ai relevé, son nez et sa bouche saignaient. Je l'ai constaté avec un certain détachement, comme si ces blessures n'étaient pas mon fait. Puis je lui ai de nouveau cogné la tête contre le toit, en disant :

— Ça, c'est pour m'avoir menacée avec un couteau ; ça, c'est pour les insectes que Stone a mangés, et ça pour la bouillie d'insectes que j'ai dû nettoyer ; ça, c'est pour avoir tué Clive ; et, ah oui, ça, c'est pour *Jesse*…

Je ne prétendrai pas que la colère m'aveuglait. J'étais en colère. Ça, oui. Mais je savais exactement ce que je faisais. Et ce n'était pas joli joli. Je suis la première à le reconnaître. La violence n'est jamais une solution, je l'admets ; sauf lorsque la personne en question est déjà morte.

Quand j'ai lâché ses cheveux – dans l'idée de m'attaquer au reste de son corps –, j'ai remarqué une autre lueur sur ma gauche. *Jesse*, ai-je de nouveau pensé alors que mon cœur s'emballait. Bien entendu, ce n'était pas lui.

En tournant la tête, j'ai découvert un homme

gigantesque, brun, qui portait une moustache et un bouc. Il était habillé dans le même style que Jesse, mais en plus chic – on aurait dit qu'il avait enfilé un costume de Zorro pour une soirée déguisée. Son pantalon noir ajusté avait un motif brodé au fil d'argent le long de chaque jambe, et sa chemise blanche aux manches bouffantes rappelait celles des pirates de cinéma. L'étui de son revolver était décoré de volutes argentées, tout comme le bord de son chapeau de cow-boy noir.

Il n'avait pas l'air enchanté de me voir.

— Attends, je devine ! ai-je lancé en posant mes mains sur mes hanches. Felix, c'est ça ?

Sous sa fine moustache, sa lèvre supérieure s'est contractée.

— Je t'avais pourtant dit de me la laisser, a-t-il jeté à Maria.

Celle-ci s'essuyait le nez à l'aide de sa manche en faisant des bruits bizarres. À l'évidence, elle n'avait pas souvent saigné du nez : elle ignorait qu'il fallait pencher la tête en arrière pour stopper l'écoulement. Petite joueuse.

— Je voulais juste m'amuser avec elle, a répondu Maria d'une voix où transparaissaient la douleur et le regret.

— Non, a-t-il repris en secouant la tête, on ne joue pas avec les mediators. Je croyais avoir été clair sur ce point. Ils sont beaucoup trop dangereux.

— Je suis désolée, Felix. J'aurais dû t'écouter.

J'ignorais que Maria pouvait parler d'une voix aussi geignarde. Elle était de ces filles qui changent d'intonation en présence d'un garçon. Je n'en revenais pas.

— Eh ! On est au XXIe siècle ! Les femmes sont autorisées à penser par elles-mêmes, tu sais…

— Tue-la pour moi, a-t-elle dit à Felix en pleurnichant.

Il a fait un pas dans ma direction. Son expression trahissait ses sentiments : il était ravi de prêter allégeance à sa dame. Et je m'en tamponnais. L'engourdissement de mon cœur s'était étendu à l'ensemble de mon corps.

— Tu lui obéis au doigt et à l'œil ? On a une expression pour ça, aujourd'hui : être une lopette.

Apparemment, il ne la connaissait pas, ou bien mon insulte ne lui faisait ni chaud ni froid, parce qu'il a continué à se rapprocher. Le claquement de ses éperons sur les tuiles avait une résonance macabre.

— Il faut que je t'avoue un truc, ai-je poursuivi. Le bouc ? Complètement dépassé. Et côté bijoux, la sobriété est toujours un plus. Je dis ça pour toi.

D'ailleurs, je suis contente que tu sois passé, je voulais discuter de deux trois choses. Primo, ta femme est une vraie pouffiasse. Deuxio, tuer Jesse et l'enterrer dans le jardin était une sacrée mauvaise idée. Parce que, tu vois, maintenant, je suis obligée…

Je n'ai pas eu l'occasion de livrer à Felix Diego le fond de ma pensée. Il m'a interrompue d'une voix incroyablement grave et menaçante (surtout pour un type avec un bouc) :

— J'ai toujours été convaincu qu'un bon mediator est un mediator mort.

En moins de temps qu'il n'en faut pour dire ouf, il m'avait prise en étau. J'ai d'abord pensé qu'il voulait me faire un câlin, ce qui m'a paru bizarre, mais, en réalité, il m'avait serrée dans ses bras pour me jeter du toit. Eh oui. J'ai atterri dans le trou prévu pour le jacuzzi. Pile à l'endroit où on avait retrouvé le squelette de Jesse, dans l'après-midi… Cette situation avait, à la réflexion, quelque chose d'ironique. Mais je n'ai pas été capable de pousser vraiment cette méditation : j'ai perdu connaissance peu de temps après avoir heurté le sol.

10

Je vais vous dire un truc sur les mediators : ils ont la peau dure.

Je ne plaisante pas. Vous ne reviendriez pas du nombre de fois où j'ai été frappée, traînée, piétinée, boxée, rouée de coups de pieds, mordue, griffée, assommée, plongée sous l'eau, blessée par balle et, ah ouais, balancée depuis un toit.

Est-ce que je suis morte ? Est-ce que ma vie a déjà été en danger ? Eh non. Je me suis cassé plusieurs os, des tonnes même. Je ne compte plus mes cicatrices. Mais la personne – ou la puissance – qui a créé les mediators nous a dotés d'une arme naturelle. Il ne s'agit pas d'une force surhumaine, non, ce serait trop facile. Le père Dom et moi (et Jack, aussi, sans doute), nous avons la peau suffisamment dure pour encaisser les pires coups.

Voilà pourquoi, alors que selon toute probabilité cette chute aurait dû me tuer, je m'en suis tirée. Bien sûr, Maria de Silva et son bien-aimé ont cru qu'ils avaient réussi. Autrement, ils seraient restés pour finir le boulot. Lorsque je me suis réveillée, bien plus tard, avec un mal de crâne que vous ne pourriez même pas imaginer, ils n'étaient plus dans les parages.

J'avais gagné la première manche. Enfin, façon de parler. Je n'étais pas morte, ce qui, de mon point de vue, est toujours un point positif. En revanche, j'avais pris un sacré coup sur la cafetière. Je suis une experte dans le domaine : j'ai déjà eu deux commotions cérébrales. Et ce n'est pas très agréable, si vous voulez mon avis. On se sent nauséeux, on a mal partout, et surtout, ça ne vous surprendra pas, on a la tête comme une pastèque. Ce qui n'arrangeait rien, dans le cas présent, c'était que j'étais restée si longtemps au fond de ce trou que la rosée avait eu le temps de tomber. Mes vêtements étaient trempés et j'ai eu beaucoup de mal à me sortir de là.

Il faisait déjà jour quand j'ai réussi à rentrer dans la maison – Dieu soit loué, Dormeur avait laissé la porte d'entrée ouverte en rentrant de son fameux rancard. J'ai quand même dû me taper les escaliers. Je n'allais pas vite. Au moins, quand j'ai atteint ma chambre, j'ai pu enlever mes vêtements boueux sans avoir à m'inquiéter que Jesse me surprenne dans le plus simple appareil. Je me suis glissée entre les draps et me suis endormie presque aussi sec.

Je me suis réveillée bien après huit heures. Dormeur avait apparemment tenté de me tirer du lit pour le boulot, mais je dormais trop profondément. Il n'avait pas insisté. Il devait croire que j'étais encore bouleversée par les événements de la veille. Si seulement ça pouvait être la raison de ma petite forme… Lorsque le téléphone a sonné, à neuf heures passées, et qu'Andy a crié depuis le rez-de-chaussée que l'appel était pour moi, j'étais devant le miroir de la salle de bains, occupée à examiner l'énorme hématome qui était apparu sous ma frange. Je ressemblais à une extra-terrestre. Je suis sérieuse. C'était un miracle que je ne me sois pas rompu le cou. Maria et son petit copain étaient d'ailleurs sans doute persuadés que c'était le cas. Ils étaient si sûrs d'eux qu'ils ne s'étaient même pas donné la peine de vérifier que j'étais bel et bien morte. Il faut bien plus qu'une chute d'un toit pour tuer un médiator.

— Susannah…, a dit le père Dominic à l'autre bout du fil. Dieu soit loué, tu vas bien. J'étais tellement inquiet… Tu ne l'as pas fait, n'est-ce pas ? Tu n'as pas été au cimetière, hier soir ?

— Non.

Je n'avais eu aucune raison de m'y rendre, le cimetière était venu à moi. Évidemment, je ne lui ai pas dit.

— Vous êtes revenu ?

— Oui. Tu n'as pas parlé à ta mère, je me trompe ?

— Mmmm…

— Susannah, il le faut. Elle a le droit de savoir. Nous sommes en présence d'un problème très grave. Tu es en danger de mort, Susannah…

Je me suis retenue de lui répondre qu'il ne croyait pas si bien dire. Soudain, j'ai entendu le signal de double appel.

— Vous pouvez patienter une seconde, Père Dominic ?

Une voix haut perchée et vaguement familière s'est élevée dans mon oreille, mais je ne l'ai pas identifiée immédiatement.

— Suze, c'est toi ? Tout va bien ? Tu es malade ?

— Mmm… Oui, en quelque sorte. Qui est à l'appareil ?

— Moi ! Jack ! a-t-il répondu d'un ton indigné.

Bon sang ! Jack… Le travail…

— Comment as-tu eu mon numéro ?

— Tu l'as donné à Paul, hier. Tu ne te souviens pas ?

Bien sûr que je ne me souvenais pas. À part la mort de Clive Clemmings et le vol du portrait de Jesse, la journée de la veille se réduisait à un immense trou noir… Enfin, je me rappelais bien que Jesse était parti pour toujours. Et que le fantôme de Felix Diego avait essayé de me fendre le crâne.

— Ah si… Écoute, Jack, je suis déjà en ligne avec quelqu'un…

— Suze, m'a-t-il interrompue, tu devais m'apprendre à me retourner sous l'eau aujourd'hui.

— Je sais, je suis vraiment désolée. C'est juste que… je ne peux pas venir travailler aujourd'hui, mon pote. Je suis désolée. Ça n'a rien à voir avec toi. J'ai simplement besoin de prendre un jour de congé.

— Tu as l'air triste, a-t-il dit d'une voix affectée. Je croyais que tu serais heureuse, au contraire.

— Vraiment ? Qu'est-ce qui te faisait penser ça ?

Je me suis demandé si le père Dom était toujours sur l'autre ligne ou s'il avait raccroché. Je ne le traitais pas avec les égards qu'il méritait. Après tout, il avait interrompu sa petite retraite pour moi.

— Étant donné que j'ai…

À ce moment précis, j'ai aperçu une lueur du côté de la fenêtre. Mon cœur s'est emballé. Ça frisait franchement le ridicule, je le sais, mais j'espérais, encore une fois, qu'il s'agissait de Jesse. Ce n'était pas lui, évidemment, et ce n'étaient pas non plus Maria ni Felix… Dieu merci ! Ils n'ont peur de rien, mais je doute qu'ils oseraient m'attaquer en plein jour…

— Jack, je dois te laisser.

— Attends, Suze, je…

J'ai raccroché. Le docteur Clive Clemmings était assis sur ma banquette. Il avait un air de chien battu. C'était bien ma veine. Demandez un Jesse, et vous obtiendrez un historien à lunettes…

— Oh, c'est vous ! a-t-il lancé.

Il avait l'air aussi surpris que moi de se retrouver dans ma chambre, et ses yeux étaient écarquillés derrière ses culs de bouteille. J'ai opiné.

— Je ne savais pas…, a-t-il poursuivi en jouant avec son nœud papillon. On m'a conseillé d'entrer en contact avec un mediator, j'ignorais… enfin, je ne m'attendais pas à…

— … tomber sur moi ? Ça surprend, je sais.

— Vous êtes si…

Je l'ai dévisagé. Je n'étais pas du tout d'humeur.

Vous n'allez pas me le reprocher ? J'avais reçu un coup sur la tête !

— Quoi ? C'est parce que je suis une fille ?

— Euh… Jeune. Je trouvais juste que vous êtes très jeune.

Je me suis laissée tomber à côté de lui sur la banquette. Franchement, qu'est-ce que j'avais fait pour mériter ça ? C'est vrai, personne n'a envie de recevoir la visite du spectre d'un type comme Clive. Je parierais même que personne n'appréciait sa présence de son vivant. Alors pourquoi moi ?

— Qu'est-ce qui me vaut le plaisir, Clive ?

J'aurais sans doute pu lui donner du docteur, mais j'avais bien trop mal au crâne pour montrer de la déférence.

— Je ne sais pas vraiment. Mme Lampbert, la réceptionniste, vous vous rappelez d'elle, ne répond plus lorsque je l'appelle, et quand les gens me téléphonent, eh bien, elle leur dit… quelque chose d'effroyable à la vérité. J'ignore ce qui lui prend. Vous voyez, a-t-il repris après s'être éclairci la gorge, elle répète que je suis…

— Mort, ai-je complété.

Ses yeux se sont encore agrandis derrière ses lunettes.

— Mais c'est incroyable ! Comment le savez--

vous ? Ah, oui, vous êtes mediator, j'oubliais. On m'a dit que vous comprendriez. Je vous assure, mademoiselle Ackerman, ces dernières heures ont été particulièrement éprouvantes. Je ne me sens pas moi-même, et…

— C'est parce que vous êtes mort.

En temps normal, j'aurais pris des gants, mais je lui en voulais toujours un peu d'avoir balayé aussi cavalièrement la théorie du meurtre de Jesse.

— Mais c'est impossible ! Enfin, regardez-moi ! Je suis là. Vous me parlez, et…

— Oui. C'est parce que je suis mediator, Clive. C'est mon boulot d'aider les gens comme vous à aller de l'avant une fois qu'ils sont…

Comme il n'avait pas l'air de piger, j'ai précisé :

— Décédés.

Il s'est mis à cligner des yeux à toute vitesse.

— Oh… Oh… Oh, mon Dieu.

— Oui, oui, je sais. Voyons voir si nous arrivons à comprendre ce qui vous retient ici et vous empêche de vous éclater au paradis. Quelle est la dernière chose dont vous vous souvenez ?

— Je vous demande pardon ?

— Votre dernier souvenir avant de… avant de devenir invisible aux yeux de Mme Lampbert.

— Ah…, a-t-il dit en se grattant son crâne d'œuf. Eh bien, j'étais assis à mon bureau et j'étudiais les lettres que vous m'avez apportées. C'est vraiment gentil de la part de votre beau-père, d'ailleurs. Les gens se soucient si peu de la société historique de leur commune, en règle générale, alors que sans elle le savoir local serait irrémédiablement…

— Clive ! l'ai-je coupé (Je sais, je n'étais pas sympa, mais j'étais de mauvais poil.) Écoutez, je n'ai pas encore petit-déjeuné, alors si vous pouviez faire court…

— Ah… Oui, bien sûr. Je disais donc que j'étudiais les lettres que vous m'avez apportées. Je repensais à ce que vous m'aviez raconté sur… Hector de Silva. C'est vrai qu'il paraît assez invraisemblable que quelqu'un qui évoquait sa famille avec autant d'affection soit parti sans un mot. Ajoutez à cela le fait que vous avez trouvé les lettres de Maria enterrées dans le jardin de ce qui était autrefois une pension… Je dois donc admettre qu'après réflexion cette affaire m'apparaissait comme très étrange. J'avais pris mon dictaphone afin d'enregistrer quelques commentaires que Mme Lampbert saisirait plus tard, lorsque j'ai soudain ressenti… une sorte de frisson. Comme si quelqu'un avait tout à coup poussé la climatisation. Mme Lampbert n'aurait jamais fait une chose pareille. Elle sait parfaitement que certains des objets de notre collection doivent être conservés à une température précise et…

— Ce n'était pas la clim.

Il m'a considérée avec étonnement.

— Non. Non, en effet. Quelques instants plus tard, un parfum de fleurs d'oranger m'a chatouillé les narines. Vous savez sans doute que Maria Diego avait la réputation de porter ce parfum. C'était très étrange. J'aurais juré que… Eh bien, l'espace d'une seconde, j'aurais juré l'avoir vue. Aperçue du coin de l'œil, plus exactement, Maria de Silva Diego…

Son regard s'est perdu dans le vague, avant de revenir se fixer sur le mien.

— Puis j'ai senti une douleur fulgurante dans le bras. J'ai tout de suite compris de quoi il retournait. Nous avons le cœur fragile dans la famille. Mon grand-père est mort d'une crise cardiaque, peu de temps après avoir fini son livre. Contrairement à lui, j'ai suivi un régime très strict et pratiqué une activité sportive régulière. Je ne peux l'expliquer autrement que par le choc d'avoir vu… d'avoir cru voir, plutôt, quelque chose qui n'existait pas… qui ne pouvait pas…

Il s'est interrompu quelques secondes, puis a repris :

— J'ai voulu attraper le téléphone pour appeler

les secours, mais il… il a… il est tombé de mon bureau.

Je commençais à compatir. Il avait été assassiné, comme Jesse. Et par la même personne. Enfin, plus ou moins.

— Je n'ai pas réussi à l'atteindre, a-t-il conclu tristement. C'est… c'est la dernière chose dont je me souvienne.

Je me suis humecté les lèvres avant de prendre la parole :

— Clive… Qu'étiez-vous en train de dire, dans votre dictaphone ? Juste avant de voir Maria de Silva.

— Eh bien, j'expliquais qu'il faudrait naturellement approfondir l'enquête mais qu'il me semblait que votre suggestion, qui concordait avec la théorie de mon grand-père, pourrait bien…

J'ai secoué la tête, je n'en revenais pas.

— Elle vous a tué, ai-je murmuré.

— Ah ? Enfin, c'est une façon de parler. C'était le choc, en réalité. Ce n'est pas comme si…

— Elle vous a assassiné, l'ai-je interrompu, pour vous empêcher de répéter à quiconque ce que je vous avais raconté. (Malgré la migraine, je sentais de nouveau la colère monter.) Et elle a sans doute tué votre grand-père également.

Clive s'est remis à cligner des yeux.

— Mon… mon grand-père ? Vous pensez vraiment ? Je dois reconnaître que sa mort a été plutôt soudaine, mais il n'y avait aucun signe de… (Son expression a changé.) Ah. Ah, je vois. Vous croyez que mon grand-père a été tué par le fantôme de Maria de Silva Diego pour l'empêcher de développer sa théorie concernant la disparition de son cousin ?

— En effet. Elle ne voulait pas qu'il raconte la vérité sur Jesse.

— Jesse ? Qui est Jesse ?

Nous avons tous deux fait un bond en entendant un coup sec frappé à ma porte.

— Suze ? a appelé mon beau-père. Je peux entrer ?

Clive s'est dématérialisé. J'ai invité Andy à pénétrer dans ma chambre, mais il est resté sur le seuil. Il avait l'air bizarre. Il ne venait jamais dans cette pièce, sauf pour bricoler.

— Tu as de la visite, Suze. Le père…

Andy s'est interrompu, le père Dominic est alors apparu derrière lui. Je suis incapable d'expliquer pourquoi j'ai fait ce que j'ai fait alors. J'éprouvais sans doute de la tendresse pour ce vieux bonhomme, que je connaissais depuis six mois maintenant. En l'apercevant, j'ai bondi de la banquette pour aller me blottir contre lui. Il a eu l'air surpris, vu que je suis plutôt réservée en temps normal.

— Père Dominic ! je suis tellement contente de vous voir !

C'était la vérité. Enfin, je retrouvais un point de repère dans ma vie, qui partait en vrille depuis vingt-quatre heures. Père Dom était de retour. Il s'occuperait de tout. Comme toujours. Les bras serrés autour de sa taille, le nez enfoui dans sa chemise, qui sentait l'adoucissant et, plus discrètement, les cigarettes qu'il avait dû fumer sur le chemin du retour, j'avais le sentiment que tout allait s'arranger.

— Mon Dieu, a-t-il dit en me caressant maladroitement l'épaule.

Derrière nous, j'ai entendu Stone demander :

— Qu'est-ce qui lui prend ?

Andy lui a ordonné de se taire, mais il a continué :

— Elle n'est quand même pas bouleversée à ce point par un squelette ! Enfin, ce n'est pas le genre de chose qui fait peur à la Reine des Morts Vi… aïe !

Andy a entraîné son cadet par l'oreille.

— Lâche-moi, papa ! Aïe ! Lâche-moi !

Une porte a claqué au fond du couloir. Andy s'était enfermé avec Stone dans sa chambre pour lui réciter la déclaration des droits de l'homme. J'ai libéré le père Dom.

— Vous avez fumé, lui ai-je lancé.

— Rien qu'un peu, a-t-il reconnu en haussant les épaules. Le voyage était long. Et j'avais peur de te retrouver morte dans ton lit en arrivant. Tu as vraiment le chic, Susannah, pour te mettre dans le pétrin…

— Je sais, ai-je répondu en poussant un soupir et en retournant m'asseoir sur la banquette.

J'ai ramené un genou sur ma poitrine. J'étais en survêtement, et je n'avais pas pris la peine de me maquiller ou de me laver les cheveux. À quoi bon ? Le père Dom n'a pas semblé remarquer ma tenue atroce. Il a poursuivi, comme si nous étions dans son bureau en train de discuter des subventions gouvernementales allouées aux étudiants, ou de quelque chose d'aussi anodin.

— J'ai apporté de l'eau bénite, elle est dans ma voiture. Je dirai à ton beau-père que tu m'as demandé de bénir la maison, à cause de ce qui s'est passé hier. Il s'interrogera peut-être sur ton intérêt subit pour la religion, tu n'auras qu'à insister pour réciter la prière, au dîner, et peut-être même aller à la messe de temps à autre, pour le convaincre de ta sincérité. J'ai fait quelques recherches sur Maria de Silva et Felix Diego, ils étaient très pieux. Ils montreront des réticences, je suppose, à pénétrer dans une maison sanctifiée par un prêtre. C'est ce qui risque de t'arriver dès que tu mettras le pied dehors qui m'inquiète. À la minute où... Vingt Dieux, Susannah ! s'est-il exclamé en s'interrompant soudain. Qu'est-il arrivé à ton front ?

J'ai passé une main sur le bleu qui l'ornait.

— Ça ? ai-je dit en plissant les yeux (c'était encore sensible). Ce n'est rien. Écoutez, Père Dominic...

— Ce n'est pas rien, m'a-t-il interrompue en s'approchant. Susannah ! Au nom du ciel, comment t'es-tu fait ce vilain hématome ?

— Ce n'est pas grave, ai-je repris en le recouvrant de ma frange. C'est un petit souvenir de Felix Diego.

— Bien sûr que c'est grave. Susannah, as-tu songé qu'il pourrait s'agir d'une commotion ? Tu dois passer un scanner immédiatement...

— Père Dominic...

— Ne discute pas avec moi, Susannah. Enfile une paire de chaussures, pendant que j'échange deux mots avec ton beau-père. Je t'emmènerai ensuite à l'hôpital de Carmel...

La sonnerie du téléphone a résonné. Pas moyen d'être tranquille dans cette piaule ! J'ai décroché, histoire d'avoir le temps de trouver une excuse pour éviter l'hosto. Une visite au service des urgences impliquait l'invention d'une excuse pour expliquer l'hématome, et j'étais à court de bons mensonges.

— Allô ? ai-je lancé alors que le père Dom me fusillait du regard.

La petite voix haut perchée que je commençais à connaître si bien s'est élevée à l'autre bout du fil.

— Suze ? C'est encore moi.

— Jack… Écoute, je te l'ai déjà dit, je ne me sens vraiment pas bien…

— C'est pour ça que j'appelle. J'ai pensé que tu ne savais peut-être pas. Et je sais que tu te sentiras mieux quand tu seras au courant.

— Au courant de quoi ?

— Je me suis occupé du fantôme pour toi.

Bon sang, ma tête allait exploser. Je n'étais pas d'humeur pour les devinettes.

— Ah oui ? Et de quel fantôme s'agit-il, Jack ?

— Tu sais bien, celui qui t'enquiquinait, Hector.

J'ai failli lâcher le téléphone. D'ailleurs, je l'ai lâché, mais je l'ai rattrapé avant qu'il n'atteigne le sol. J'ai plaqué le combiné contre mon oreille avec les deux mains, pour être sûre qu'il ne m'échapperait plus. Et pour être sûre de bien entendre Jack. Le père Dominic m'observait avec curiosité.

— Jack, de quoi parles-tu ?

— Ce type, tu sais, celui qui ne voulait pas te laisser tranquille. C'est Maria qui m'en a parlé...

— Maria ?

J'avais oublié ma migraine et le père Dom. Je hurlais dans le combiné.

— Jack, qu'est-ce que tu racontes ? Maria qui ?

— Le fantôme de cette dame des temps jadis, a répondu Jack d'une voix apeurée (il faut dire que je beuglais comme une cinglée). La belle dame qui est en peinture dans le bureau du type chauve. Elle m'a expliqué que Hector t'embêtait et que, si je voulais te faire une belle surprise, il me suffisait de l'exor... de l'exor...

— Exorciser ? De l'exorciser, Jack ? C'est ça ?

— Oui, a-t-il répondu d'une voix gonflée de fierté. C'est ça. Je l'ai exorcisé.

11

Je me suis affalée sur la banquette devant la fenêtre. J'avais les lèvres engourdies. J'ignore si c'était un effet secondaire de ma commotion, mais tout à coup je ne les sentais plus.

— Qu'est-ce que tu as dit, Jack ?

— J'ai exorcisé Hector pour qu'il te laisse tranquille. (Il était fier comme Artaban.) Tout seul. Enfin, la dame m'a un peu aidé. Ça a marché ? Il est parti ?

Le père Dominic me considérait d'un air interrogateur. Ma conversation devait lui paraître très étrange. Surtout que je n'avais pas encore eu l'occasion de lui parler de Jack.

— Suze ? Tu es toujours là ?

— Quand ? ai-je murmuré.

— Quoi ?

— Quand, Jack ? Quand l'as-tu exorcisé ?

— Ah ! Hier soir, pendant que tu étais avec mon frère. La dame a apporté le portrait et des bougies, puis elle m'a expliqué ce qu'il fallait dire. J'ai répété les mots, c'était génial, une fumée rouge s'est élevée des bougies, en tourbillonnant, et ensuite un énorme trou s'est ouvert au-dessus de nos têtes. J'ai regardé à l'intérieur, il y faisait très noir. J'ai prononcé encore quelques mots, et ce type est apparu, puis il a été aspiré par le trou.

Je suis restée muette. Qu'est-ce que je pouvais dire ? Il venait de me décrire une séance d'exorcisme classique. Il ne racontait pas des salades. Il avait bel et bien exorcisé Jesse.

— Suze ? Suze, tu es là ?

— Oui.

Je devais vraiment avoir une sale tête, parce que le père Dom est venu s'asseoir à côté de moi. Je n'avais jamais ressenti un choc pareil. C'était pire qu'être jetée d'un toit ou qu'avoir un couteau pointé sur la gorge. Je n'en revenais pas. Jesse avait tenu sa promesse. Il n'avait pas disparu parce que sa dépouille avait enfin été retrouvée. Il avait disparu parce que Maria l'avait fait exorciser…

— Tu n'es pas fâché contre moi, si ? m'a demandé Jack d'une voix inquiète. Maria a dit que Hector était très méchant avec toi, et que tu me remercierais... Attends...

J'ai entendu du bruit derrière Jack. Il a repris :

— C'est Caitlin. Elle veut savoir quand tu reviens. Elle veut savoir si tu seras là cet après-midi, parce qu'elle doit...

Je n'ai pas entendu la suite, j'avais déjà raccroché. Je n'arrivais pas à y croire. Mon cerveau avait enregistré l'information, mais pas mon cœur. Jesse n'était pas allé de l'avant de son plein gré. On l'avait arraché à ce monde de la même façon qu'on l'avait arraché à la vie. Pour une seule et même raison : l'empêcher de nuire à Maria de Silva.

— Susannah... (La voix du père Dominic était caressante.) Qui est Jack ?

Relevant la tête, je l'ai considéré avec étonnement. J'avais presque oublié sa présence dans ma chambre. Ses yeux bleus trahissaient la surprise et l'inquiétude. Il ne m'appelait jamais Suze. Un jour, je lui avais demandé pourquoi, et il m'avait répondu que c'était parce qu'il trouvait ce surnom vulgaire. Vulgaire ! Ça m'avait fait mourir de rire sur le coup. Jesse ne m'appelait jamais Suze, lui non plus.

— Jack est un mediator. Il a huit ans. Je me suis occupée de lui à l'hôtel.

— Un mediator ? Vraiment ? C'est incroyable… Tu aurais dû m'appeler dès que tu l'as découvert, Susannah, a-t-il ajouté d'une voix où l'inquiétude avait pris le dessus sur la surprise. Il n'y a pas beaucoup de mediators dans le monde. J'aimerais beaucoup lui parler, lui expliquer les ficelles du métier. Il y a tant à apprendre pour un jeune mediator. Je ne suis pas certain qu'il soit très prudent que tu te charges de sa formation, Susannah, étant toi-même encore très jeune…

— Oui, vous pouvez le dire.

Mon rire amer s'est transformé en sanglot. Impossible : je pleurais encore. Qu'est-ce qui m'arrivait ? Pendant des mois je n'avais pas versé une larme, et subitement je m'effondrais à la moindre occasion. Le père Dominic m'a attrapée par le bras et m'a secouée doucement. Il n'en revenait pas plus que moi.

— Susannah, qu'y a-t-il ? Tu pleures, Susannah ?

J'ai hoché la tête.

— Mais pourquoi, Susannah ? Pourquoi ? C'est Jesse ? Je sais que le coup est dur, je sais qu'il va te manquer, mais…

— Vous ne comprenez pas…, ai-je bredouillé.

Ma vision s'était troublée.

— Oh, mon père ! ai-je dit en jetant, pour la

deuxième fois de la journée, mes bras autour de son cou.

Mon front est entré en collision avec ses lunettes, qui ont glissé en travers de son nez. Dire qu'il a été surpris par mon geste serait un grossier euphémisme. Mais ce n'était rien à côté de sa réaction en découvrant ce que j'avais à lui apprendre.

— Jack a exorcisé Jesse. Maria de Silva lui a tendu un piège. Elle lui a raconté que Jesse m'embêtait, et qu'il me rendrait service en m'en débarrassant. Oh, père Dominic… qu'est-ce que je vais devenir ?

Le pauvre. Il n'avait sans doute pas l'habitude de se retrouver avec une bonne femme hystérique sur les bras. Il ignorait comment réagir. Il m'a tapoté l'épaule en disant :

— Chut, chut, ça va aller…

Je sentais bien qu'il était gêné. Il craignait peut-être qu'Andy nous surprenne et pense que je pleurais à cause de lui.

— Père Dominic, ai-je repris en m'écartant et en relevant mes yeux pleins de larmes vers lui, vous n'êtes pas sérieux ? Ça ne va pas du tout aller. Plus rien n'ira jamais bien.

Le père Dom n'était peut-être pas très doué côté câlins, mais il assurait question mouchoir. Il a sorti le sien pour m'essuyer le visage. Je l'avais déjà vu faire avec les petits de la maternelle. Il avait le coup de main.

— Mais non, Susannah, c'est faux. Tu sais que c'est faux.

— C'est vrai, au contraire. Jesse a disparu, et c'est entièrement ma faute.

— Comment cela ? Susannah, tu n'y es pour rien.

— Bien sûr que si. Vous l'avez dit vous-même : j'aurais dû vous appeler dès que j'ai appris pour Jack. J'ai cru que j'étais capable de m'occuper de lui toute seule, et regardez ce qui est arrivé : Jesse est parti. Pour toujours.

— C'est en effet une tragédie, Jesse était un ami cher à ton cœur… cher à nos cœurs à tous deux. Mais il avait passé beaucoup d'années à errer dans les limbes, tu sais. Il a enfin fini de lutter, il va pouvoir goûter un repos mérité.

Qu'est-ce qu'il racontait ? Le scepticisme devait se lire sur mon visage, car il a ajouté :

— Penses-y, Susannah. Pendant cent cinquante ans, Jesse est resté prisonnier d'un monde intermédiaire, entre ses vies passée et future. Bien qu'on puisse déplorer la façon dont les choses se sont déroulées, il a, enfin, rejoint sa destination finale…

Je me suis écartée de lui. Pour être plus précise, j'ai bondi de la banquette. Je n'en revenais pas.

— Qu'est-ce que vous racontez ? Jesse était ici pour une raison. J'ignore laquelle, et je ne suis pas certaine que lui-même la connaissait. Mais quoi qu'il en soit il était censé rester ici, dans ce « monde intermédiaire », tant qu'il n'avait pas compris pourquoi. Il ne le découvrira jamais. Il ne saura jamais pourquoi il est resté ici aussi longtemps.

— Je comprends Susannah, et, comme je l'ai déjà dit, c'est une tragédie… déplorable. Mais nous devrions nous réjouir qu'il ait enfin trouvé la paix éternelle.

— Oh mon Dieu ! (Je hurlais carrément, mais je m'en cognais.) La paix éternelle ? Comment pouvez-vous en être si sûr ? Vous n'en savez rien !

— Non, en effet.

J'ai remarqué qu'il choisissait ses mots avec soin à présent. Comme s'il était face à une bombe à retardement.

— Tu as raison, Susannah, je n'en sais rien. Mais, contrairement à toi, j'ai la foi.

J'ai traversé la pièce en trois enjambées. J'ignorais ce que j'allais faire. Certainement pas le frapper. Je me mets peut-être facilement en colère, mais je ne suis pas du genre à tabasser un prêtre. En tout cas, pas le père Dom. On joue dans la même équipe, lui et moi. En revanche, j'allais sans doute le secouer un peu en le prenant par les épaules, histoire de lui remettre les idées en place, puisqu'il était hermétique à toute argumentation logique. Non, mais franchement ! Invoquer la foi ! Comme si elle pouvait rivaliser avec un bon coup de pied aux fesses…

Avant que je n'aie eu le temps de poser la main sur lui, j'ai entendu quelqu'un s'éclaircir la gorge dans mon dos. Je me suis retournée, et j'ai aperçu Andy, avec sa ceinture porte-outils. Il avait l'air inquiet.

— Suze, Père Dominic, tout va bien ? J'ai cru entendre des cris…

Le père Dominic s'est levé.

— Oui, oui. Susannah se fait, à fort juste titre d'ailleurs, beaucoup de souci à cause de la découverte d'hier. Elle m'a demandé de bénir votre maison, Andrew, et j'ai accepté, naturellement. J'ai oublié ma bible dans la voiture…

Andy a sauté sur l'occasion.

— Voulez-vous que j'aille vous la chercher, mon père ?

— Ce serait merveilleux, Andrew, merveilleux. Elle doit se trouver sur le siège avant. Je me mettrai au travail dès que vous me l'aurez apportée.

— Aucun problème, mon père.

Andy s'est éloigné d'un pas guilleret, ce qui était facile pour lui : il n'avait pas la moindre idée de ce qui se tramait.

— Père Dom…, ai-je repris dès que j'ai entendu mon beau-père dévaler l'escalier.

— Susannah, m'a-t-il interrompue d'une voix lasse, je comprends combien c'est difficile pour toi. Jesse était unique. Je sais qu'il comptait beaucoup…

— Père Dom…

— … mais, Susannah, il est mieux là où il est.

Tout en parlant, il avait traversé ma chambre pour aller récupérer un sac noir, qu'il avait déposé dans le couloir avant d'entrer. Il l'a posé sur mon lit pour en vider le contenu.

— Nous devons, toi et moi, nous raccrocher à cette idée pour aller de l'avant.

J'ai placé mes mains sur mes hanches. Je ne sais pas si c'était la commotion cérébrale ou la nouvelle concernant l'exorcisme de Jesse, mais j'étais sacrément remontée.

— Je suis croyante, Père Dom. Je crois en beaucoup de choses. En moi, pour commencer, et en vous. C'est pourquoi j'ai la certitude que nous pouvons trouver une solution.

Ses grands yeux bleus se sont agrandis derrière ses lunettes, mais il a continué à s'affairer. Il a embrassé une bande de tissu pourpre avant de se la passer autour du cou.

— Trouver une solution ? À quoi donc ? Qu'essaies-tu de dire, Susannah ?

— Vous le savez très bien.

— Je…

Il a sorti un objet métallique qui ressemblait à une cuiller à glace et une flasque qui devait contenir de l'eau bénite.

— Je sais, a-t-il repris, que nous devrons nous occuper de Maria de Silva Diego. Elle n'est pas commode, mais nous sommes tous deux parés à affronter la situation. Quant au garçon, Jack, je m'occuperai de lui inculquer les méthodes idoines, et je commencerai par lui expliquer qu'on ne doit recourir à l'exorcisme qu'en tout dernier ressort, mais…

— Je ne parle pas de ça.

— Ah bon ?

— Non. Et cessez de feindre que vous ignorez où je veux en venir.

Il a cligné des yeux, me rappelant furieusement Clive Clemmings.

— Je l'ignore, Susannah. Où veux-tu en venir ?

— Il faut le ramener.

— Qui ça, Susannah ?

Les effets secondaires de sa nuit passée sur la route commençaient à se faire ressentir, il avait l'air fatigué. Il était plutôt bel homme pour ses soixante ans. J'étais prête à parier que la moitié des bonnes sœurs de sa congrégation étaient amoureuses de lui. Il ne s'en rendait pas compte, évidemment.

— Vous savez très bien qui.

— Jesse ? Tu parles de ramener Jesse ? Susannah, enfin, une fois que les esprits ont trouvé le chemin de l'au-delà, on perd leur contact.

— En effet. Je n'ai jamais dit que ce serait facile. J'ai d'ailleurs réfléchi au moyen d'y parvenir. Je pense que c'est risqué, mais, avec votre aide, ça peut marcher.

— Mon aide ? Comment cela ?

— Père Dominic, je veux que vous m'exorcisiez.

[illegible] Ce [illegible]
[illegible] le [illegible]

— Qu'est-ce [illegible]

Le [illegible] de sa nuit passée sur la [illegible] commençait à se faire [illegible]. Il avait d'ailleurs [illegible] pour se [illegible] que la [illegible] des [illegible] et sa [illegible] de lui [illegible]

— Vous avez très bien [illegible]

[illegible]

[illegible]

[illegible]

12

— Pour la dernière fois, Susannah, ce que tu me demandes est impossible.

Le père Dominic avait martelé sa phrase en tambourinant de la main sur le volant.

— Qu'est-il arrivé à votre foi ? Je croyais que tout était possible quand on l'avait.

Le père Dom n'aimait pas qu'on lui renvoie ses propres arguments : je le voyais à la façon dont il grimaçait en surveillant la circulation dans le rétroviseur.

— Disons plutôt que ton plan a fort peu de chances de réussir, a-t-il repris.

Conduire dans Carmel n'est pas une mince affaire : les maisons ne portent pas de numéros, et les touristes, qui constituent à eux seuls quatre-vingt-dix-huit pour cent du trafic, sont incapables de se repérer. Le père Dom était donc passablement énervé, et ma demande d'exorcisme n'avait, apparemment, rien arrangé.

— Sans mentionner le fait que c'est contraire à l'éthique, immoral et probablement dangereux, a-t-il conclu en faisant signe à un minibus de nous doubler.

— Oui, mais ce n'est pas impossible.

— Tu sembles oublier quelque chose : tu n'es ni un fantôme ni possédée par un esprit.

— Je sais bien, mais j'ai une âme, non ? Vous pouvez bien l'exorciser. Histoire que j'aille faire un petit tour là-haut pour voir si je peux ramener Jesse. S'il en a envie, bien sûr.

— Susannah…

Il n'y avait aucune raison pour que mon plan échoue. Aucune raison. Sauf si le père Dominic refusait d'y prendre part.

— Personne n'a jamais tenté pareille expérience, Susannah. Nous n'avons pas la moindre garantie que ça fonctionnera. Ni que, si c'était le cas, ton âme et ton corps pourraient de nouveau être réunis.

— C'est là qu'intervient la corde.

— Non ! s'est-il écrié.

Au même moment, il a été contraint d'écraser la pédale de frein pour éviter un bus de tourisme qui venait de débouler de nulle part. L'eau bénite a clapoté dans son récipient. Je n'aurais jamais cru qu'il en restait, vu la douche que notre maison avait prise ! J'espérais que le père Dom avait vu juste au sujet de Maria et Felix et que leur foi les empêcherait de franchir le seuil d'une demeure sanctifiée. Parce que si ce n'était pas le cas, je m'étais ridiculisée devant Stone pour rien. Il n'avait pas arrêté de répéter :

— Qu'est-ce que vous faites, Père Dom ?

— Je bénis votre maison à la demande de ta sœur, avait répondu le père Dominic en aspergeant le banc de musculation de mon demi-frère (c'était sans doute la première fois que cet instrument de torture avait été aussi près d'être nettoyé).

— Ma chambre aussi ?

— Elle m'a demandé de bénir toute la maison. Elle a été bouleversée par la découverte du squelette dans le jardin, ce que tu ne vas pas sans ignorer. J'apprécierais énormément que tu sois gentil avec elle dans les prochains jours, Bradley.

Je n'ai aucune idée de ce que Stone a répondu à la suggestion du père Dom, parce que j'ai profité de leur petite conversation pour aller prendre une douche et revêtir des atours plus civilisés. Passé midi, le jogging devient la preuve qu'on se complait dans son chagrin. Je savais que Jesse ne voudrait pas que ma tristesse nuise à mon sens inouï de la mode.

Et puis j'avais un plan.

Lavée, maquillée et parée de l'élégance qu'une tenue de mediator m'autorisait – robe à bretelles et sandales –, je me sentais prête à affronter non seulement les suppôts de Satan mais aussi toute la rédaction de *La Pomme de pin de Carmel*, puisque le père Dom devait me déposer devant leurs bureaux. Le plan que j'avais mis au point ne me permettrait pas seulement de récupérer Jesse, il serait aussi le moyen de venger la mort de Clive Clemmings et de son grand-père.

— C'est hors de question, Susannah, alors sors-toi cette idée de la tête. Laisse Jesse reposer en paix.

— Très bien, ai-je dit comme nous nous arrêtions devant le petit bâtiment, ombragé par de nombreux pins, qui abritait les locaux de la feuille de chou locale.

— Très bien, a-t-il répété en coupant le moteur. Je t'attends ici. Il vaut sans doute mieux que je n'entre pas avec toi.

— En effet. Et inutile de m'attendre. Je suis capable de rentrer toute seule.

— Susannah…

J'ai soulevé mes lunettes de soleil pour le regarder dans les yeux.

— Oui, Père Dominic ?

— Je t'attends ici. Nous avons encore beaucoup de pain sur la planche, toi et moi.

— Ah bon ?

— Maria et Diego. Tu es désormais en sécurité chez toi, mais ils sont toujours en liberté et je crains qu'ils ne se mettent en colère lorsqu'ils découvriront que tu n'es pas morte. (J'avais fini par lui raconter ce qui m'était arrivé la veille.) Nous devons nous préparer à les affronter.

— Ah, ça…

J'avais mis en veilleuse cet aspect de la question. Non parce que j'estimais que Maria et son mari n'étaient pas un problème, mais parce que je savais que nous n'avions pas la même idée, Père Dom et moi, sur la façon de le régler. Les hommes d'Église sont rarement partants pour une petite baston. Ils préfèrent généralement recourir à un discours raisonné.

— Bien sûr, c'est vrai. Il faut que nous nous en occupions.

— Et il faut aussi… Nous devons décider du sort que nous souhaitons réserver aux restes de Jesse.

J'ai eu l'impression de me prendre un direct du droit.

— Je pensais, a-t-il poursuivi en choisissant ses mots avec soin, déposer une demande officielle au bureau du médecin légiste pour obtenir le transfert de sa dépouille au cimetière de la Mission. Qu'en dis-tu ?

Une boule s'est formée dans ma gorge, j'ai tenté de la ravaler.

— Oui. Et pour la pierre tombale ?

— Ça risque d'être compliqué, étant donné que le médecin ne pourra sans doute pas identifier le corps avec précision. Peut-être qu'une simple croix…

— Non, il faut une pierre tombale. J'ai trois cents dollars de côté. Vous pensez que ça suffira ?

Je pouvais avoir plus en rendant mes paires de Jimmy Choo. Heureusement que j'avais gardé les tickets de caisse… Qui a besoin d'une nouvelle garde-robe pour la rentrée, de toute façon ?

Le père Dom a hésité :

— Euh… Susannah, je…

— On en causera tout à l'heure. Je dois y aller. À plus tard.

J'étais à peine sortie de la voiture qu'il m'a rappelée.

— Écoutez…, ai-je commencé d'une voix où perçait l'impatience.

Il m'a interrompue d'un geste de la main.

— Non, toi, écoute-moi, Susannah. J'aimerais beaucoup être en mesure de faire quelque chose pour ramener Jesse. Moi aussi, j'aurais souhaité qu'il découvre tout seul le chemin vers l'au-delà. Du fond du cœur. Cependant, je ne crois pas qu'en arriver aux extrêmes que tu suggères soit… judicieux. Et je suis certain qu'il n'aurait pas voulu que tu risques ta vie pour lui.

J'ai réfléchi à ses dernières paroles. Le père Dom avait parfaitement raison, évidemment. Jesse aurait refusé que je mette ma vie dans la balance. Mais il était d'une tout autre époque. D'une époque où les filles passaient leur journée à coudre, et pas à botter des fesses. Même si Jesse m'a vue jouer des poings un million de fois, je sais qu'il a du mal à s'habituer à cette idée. Rappelez-vous, il a même été surpris d'apprendre que Maria avait un couteau. Il savait depuis cent cinquante ans qu'elle l'avait fait refroidir, mais refusait d'y croire. Son machisme était bien ancré. Tout ça pour dire que le père Dom avait raison : Jesse n'aurait pas voulu que je risque ma vie pour lui. Mais on n'obtient pas toujours satisfaction dans la vie, si ?

— Je sais, ai-je répondu au père Dom.

Il aurait dû s'étonner que je sois soudain devenue docile, non ? En réalité, j'avais un plan B, et il ne s'en doutait même pas.

— Je reviens tout de suite, ai-je lancé avec un sourire éclatant.

Puis j'ai tourné les talons et j'ai pénétré dans les bureaux de *La Pomme de pin de Carmel* comme si je venais simplement passer une petite annonce. Mes intentions étaient bien plus sournoises, naturellement.

— Sissi Webb est-elle là ? ai-je demandé au gamin boutonneux qui tenait l'accueil.

Il m'a dévisagée avec étonnement. Je ne sais pas ce qui l'a le plus surpris, de ma robe à bretelles ou de ma requête.

— Par ici, a-t-il répondu d'une voix tremblante.

— Merci, ai-je dit en m'engageant dans un long couloir encombré de papiers en tous genres.

Je suis passée devant plusieurs journalistes concentrés sur la rédaction d'articles évoquant la soudaine recrudescence des vols de girouettes et, source d'alarme bien plus grande encore, la difficulté pour se garer devant la poste. Sissi se trouvait dans un box, au fond. Elle était occupée à faire des photocopies.

— Oh mon Dieu, s'est-elle exclamée en m'apercevant. Qu'est-ce que tu fiches là ?

Elle n'avait pas l'air mécontente de me voir, cela dit.

— Je traînais dans le coin, ai-je répondu en m'installant sur une chaise à côté du fax.

Sissi prenait son rôle de journaliste stagiaire très au sérieux. Ses longs cheveux d'un blond si pâle qu'il paraissait blanc étaient retenus sur le sommet de son crâne par un crayon, et elle avait des traces de toner sur l'une de ses joues.

— Pourquoi n'es-tu pas à l'hôtel ?

— J'ai eu droit à un jour de congé. À cause du cadavre qu'on a retrouvé dans mon jardin, hier.

Elle a lâché une ramette de papier.

— Mince ! C'était chez toi ? J'ai appris que le médecin légiste avait été convoqué par la police, mais on m'a dit qu'il s'agissait probablement d'un site funéraire indien...

— Pas du tout. Sauf si les Indiens du coin portaient des éperons.

— Des éperons ?

Sissi s'est saisie d'un carnet qui traînait sur le dessus de la photocopieuse, puis elle a récupéré le crayon qui retenait ses cheveux. Ils sont tombés en cascade sur ses épaules.

— Raconte ! m'a-t-elle encouragée en s'asseyant sur la table où se trouvait le fax.

C'était le signal que j'attendais. J'ai tout balancé, depuis les lettres que Stone avait découvertes à ma visite au bureau de Clive et à sa mort subite. J'ai évoqué le livre du grand-père de Clive, Jesse et le rôle que ma maison avait occupé dans l'histoire. Je lui ai parlé de Maria et de Felix, des nullards qu'ils avaient enfantés et du vol du portrait de Jesse à la société historique. Je lui ai dit que j'étais persuadée que le squelette trouvé dans mon jardin était celui de Jesse. Une fois que j'ai eu terminé, Sissi a relevé le nez de son carnet.

— La vache, Suze, ça ferait un tabac au cinéma ! Leighton Meester pourrait jouer le rôle de Maria !

— Alors, tu vas écrire un article ?

— Un peu, mon neveu ! Il y a tout : l'amour, le crime, le mystère… Et en plus, ça s'est passé dans le coin. Dommage que tous les protagonistes soient morts depuis un siècle au moins. Si le médecin légiste me confirme que le squelette appartenait à un jeune homme d'une vingtaine d'années… Tu as une idée de la façon dont ils s'y sont pris pour le tuer ?

J'ai repensé à Stone et à sa pelle.

— Je ne sais pas…

— Tu veux que je te prête mon sweatshirt ?

— Pourquoi ?

— Tu trembles.

Elle avait raison, mais ce n'était pas dû au froid.

— Ça va, merci. Écoute, Sissi, c'est vraiment

important que cette histoire soit publiée, et rapidement. Genre demain.

— Bien sûr. L'idéal serait de l'avoir en regard de l'avis de décès du docteur Clemmings : « Le projet sur lequel il travaillait quand il a trouvé la mort. » Ou quelque chose dans ce goût-là.

— Ça pourra passer demain d'après toi ?

— Ils refuseront de le publier sans le rapport du médecin légiste. Ça peut prendre plusieurs semaines.

Plusieurs semaines ? Je n'avais pas le temps. Et même si elle l'ignorait, Sissi non plus. Je n'arrivais plus à contrôler mes tremblements. Je venais seulement de mesurer les conséquences de mes actes : j'avais compromis Sissi comme j'avais compromis Clive Clemmings. Il se portait très bien jusqu'à ce que Maria l'entende répéter dans son dictaphone ce que je lui avais appris au sujet de Jesse. Venais-je de condamner Sissi à la même fin atroce ? Maria pouvait très bien découvrir ce que j'avais fait. Il fallait que cet article soit publié sans tarder. Plus tôt les gens apprendraient la vérité sur Maria et Felix Diego, moins ils risquaient de nuire à quiconque.

— Il doit passer demain, ai-je insisté. Je t'en prie, Sissi. Tu ne peux pas appeler le médecin légiste pour obtenir un compte rendu provisoire ?

— Je ne saisis pas l'urgence, Suze. Ces gens sont morts depuis une éternité. Quelle importance ?

Je commençais à claquer des dents.

— C'est important, c'est tout. S'il te plaît, *s'il te plaît*, fais ton possible pour accélérer le mouvement. Et promets-moi de n'en parler à personne à l'extérieur du journal. C'est vraiment essentiel que tu gardes ça pour toi.

Sissi a posé sa main sur mon épaule, elle était douce et tiède.

— Suze, m'a-t-elle demandé en plantant ses yeux dans les miens, qu'est-ce qui t'est arrivé à la tête ? D'où vient cet énorme bleu ?

— Ah, ça... J'ai trébuché, et je suis tombée dans un trou. Le trou dans lequel se trouvait le corps. C'est amusant, non ?

Sissi n'avait pas l'air de trouver ça drôle.

— Tu l'as montré à un médecin ? Ce n'est pas très joli, tu as peut-être une commotion cérébrale.

— Je vais bien, je te promets. Écoute, je dois y aller. Rappelle-toi : tu ne parles de l'article à personne, d'accord ? Et tu le fais publier aussi vite que possible. Je veux qu'il soit lu par le plus grand nombre. La vérité sur les Diego doit éclater au grand jour.

— Tu es sûre que tout va bien, Suze ? Depuis quand tu t'intéresses aux notables de Carmel ?

— Euh… eh bien de-depuis que j'ai ren-rencontré le docteur Clemmings, ai-je bredouillé en quittant le box. C'est une véritable honte que les gens méprisent à ce point-là la société historique de leur communauté, alors que sans elle le tissu social…

Sissi m'a interrompue.

— Il est urgent que tu rentres chez toi et que tu prennes quelque chose contre la fièvre.

— Tu as raison, ai-je dit en ramassant mon sac.

Il était rose avec des petites fleurs brodées dessus, parfaitement assorti à ma robe. Je me rattrapais pour tous les jours où j'avais été obligée de porter cet affreux short. J'ai filé avant que ma tête n'explose devant tout le monde. Quand j'ai rejoint le père Dom, je me suis penchée par la fenêtre passager.

— Coucou !

Il a sursauté et a aussitôt jeté quelque chose par sa fenêtre. Pris la main dans le sac ! En plus l'odeur de tabac le trahissait…

— Filez-m'en une !

— Susannah, ne sois pas ridicule. Il ne faut pas prendre cette mauvaise habitude. Crois-en mon expérience, ne commence jamais… Comment se sont déroulées les choses avec Mlle Webb ?

— Bien. Elle aimerait que je reste pour l'aider à écrire l'article.

Je mettrais ma main à couper que mentir à un prêtre est un péché, même lorsque le mensonge est tout petit. Mais qu'auriez-vous fait à ma place ? Je connaissais bien le père Dom, il n'aurait jamais cédé pour cette histoire d'exorcisme. Quelle autre solution me restait-il ?

— Susannah, nous avons beaucoup de problèmes à régler cet après-midi, toi et moi…

— Je sais, mais c'est très important. Disons que je vous retrouve à la Mission à cinq heures ?

Il a hésité. Il devait sentir que je manigançais quelque chose.

— Cinq heures pétantes, Susannah. Je te préviens, si tu as une minute de retard, j'appelle tes parents et je leur raconte tout.

— Cinq heures, promis.

J'ai agité la main pendant qu'il s'éloignait et j'ai fait mine de me diriger vers l'entrée du bâtiment, pour le cas où il m'aurait surveillée dans son rétroviseur, puis je l'ai contourné et j'ai filé vers l'hôtel.

J'avais des affaires à y régler.

13

Il n'était pas à la piscine. Il n'était pas non plus attablé devant un hamburger au restaurant de l'hôtel. Il n'était ni sur les courts de tennis, ni à l'écurie, ni dans le magasin de sport de l'hôtel. J'ai fini par me rendre à sa chambre, même si j'avais peu de chances de l'y trouver avec un si beau soleil. Et pourtant, c'était là qu'il se cachait. Caitlin a ouvert la porte de la suite et m'a informée d'un ton sec qu'il faisait la sieste.

— La sieste ? Il a huit ans, Caitlin, pas huit mois !

— Il a dit qu'il était fatigué, a-t-elle aboyé. Qu'est-ce que tu fiches ici d'abord ? Je croyais que tu étais malade.

— C'est le cas, ai-je rétorqué en la poussant pour entrer.

Elle m'a jeté un regard désapprobateur. Il était clair qu'elle était jalouse de ma robe à bretelles et de mes sandales roses, sans parler de mon sac. C'est sûr que, comparé à elle, dans son uniforme, je ressemblais à Gwyneth Paltrow. Avec de plus beaux cheveux, bien sûr.

— Tu ne m'as pas l'air très malade, a-t-elle lancé.

— Ah ouais ?

J'ai soulevé ma frange pour qu'elle puisse admirer mon front. Elle a retenu son souffle et fait une grimace du genre « oh-mon-dieu-ça-doit-être-sacrément-douloureux ».

— Comment ça t'est arrivé ?

J'ai failli répondre que c'était le résultat d'un accident de travail pour obtenir un arrêt, mais je n'étais pas certaine que ça marcherait. J'ai donc simplement répété que j'avais trébuché.

— Qu'est-ce que tu fiches ici, alors ?

— Je culpabilisais vachement de t'avoir laissé Jack sur les bras, alors j'ai demandé à ma mère de me déposer ici après mon rendez-vous chez le médecin. Je peux passer la fin de l'après-midi avec lui, si tu veux.

— Je ne sais pas trop… Tu n'as pas ton uniforme…

— Je n'allais quand même pas le mettre pour aller chez le médecin…

Je n'en revenais pas de la facilité avec laquelle je mentais. Je n'avais même pas besoin de réfléchir, les bobards sortaient tout seuls de ma bouche.

— Mais comme il m'a assurée que tout allait bien, ai-je repris, je peux te relayer. On ne quittera pas la chambre, si ça t'embête autant que les gens me voient sans uniforme. Ça ne me dérange pas.

Caitlin a jeté un coup d'œil à mon front.

— Tu n'es pas sous calmants ? Parce que je ne peux pas te confier un gosse si tu es shootée…

J'ai brandi trois des doigts de ma main droite, comme les scouts.

— Je jure sur mon honneur que je suis parfaitement lucide.

— Bon…, a-t-elle hésité en regardant la porte close de la chambre de Jack.

— Allez, Caitlin, j'ai vraiment besoin du fric ! Et puis, tu n'as pas un rancard avec Jake ce soir ?

— Eh bien…, a-t-elle répondu en rougissant (une vraie pivoine !).

— Si, a-t-elle fini par admettre.

Et moi qui avais dit ça au pif !

— Tu ne veux pas partir un peu plus tôt ? Pour te faire belle ?

Elle s'est mise à glousser. Mes demi-frères

devraient porter un panneau : Attention, substance pouvant s'avérer dangereuse en présence d'œstrogène.

— Entendu. Mais le patron me tuera s'il te voit sans ton uniforme, alors tu restes ici. Promis ?

J'avais fait et trahi tant de promesses au cours des dernières vingt-quatre heures qu'une de plus n'y changerait rien.

— Bien sûr, Caitlin.

Je l'ai raccompagnée à la porte. Dès qu'elle a été partie, j'ai foncé dans la chambre de Jack. Je n'ai pas pris la peine de frapper. Caitlin avait beau lui avoir imposé une sieste, il ne dormait pas. Il a dissimulé un objet sous les draps en tournant vers moi une tête chiffonnée, comme s'il venait de se réveiller. Quand il a vu que c'était moi, il a rejeté ses draps : non seulement il n'avait pas quitté ses vêtements, mais il jouait avec sa GameBoy.

— Suze ! Tu es revenue !

— Ouais…

Il faisait sombre dans sa chambre ; j'ai ouvert les lourds rideaux qui occultaient les portes-fenêtres pour laisser entrer le soleil.

— Je croyais que tu étais en colère contre moi, a-t-il lancé en sautant sur son lit.

— C'est le cas, ai-je répondu en me retournant vers lui.

La mer étincelante m'avait aveuglée, et je ne le distinguais pas nettement. Il s'est immobilisé.

— Comment ça ? Pourquoi tu es en colère contre moi ?

Je n'avais pas l'intention de le mener en bateau. J'aurais apprécié qu'on soit aussi direct avec moi, quand j'avais son âge. Je ne jouerais sans doute pas aussi facilement des poings aujourd'hui si je n'avais pas dû encaisser sans broncher autant de mensonges à huit ans. *Oui, Suze, bien sûr que le Père Noël existe vraiment. En revanche, les fantômes sont une invention. Je te promets, la piqûre ne te fera pas du tout mal.*

— Le fantôme que tu as exorcisé, ai-je repris, les mains sur les hanches, était mon ami. Mon meilleur ami.

— Comment ça, ton ami ? Ce n'est pas ce que la dame a dit. Elle a dit…

— Cette dame est une menteuse. Cette dame, ai-je ajouté en m'approchant du lit et en soulevant ma frange, m'a fait ça hier soir. Enfin, son mari. Elle, elle s'est contentée de me menacer avec un couteau.

Comme il était debout sur son lit, Jack me dépassait. Il a observé mon hématome avec effroi.

— Oh, Suze… Oh, Suze…

— Tu as déconné. Je sais que tu n'en avais pas

l'intention et que Maria t'a piégé. N'empêche, tu as déconné, Jack.

Son menton tremblait maintenant, et ses yeux s'étaient remplis de larmes.

— Je suis désolé, Suze, a-t-il dit d'une voix qui était montée de trois octaves. Suze, je suis vraiment désolé !

Il a déployé beaucoup d'efforts pour retenir ses pleurs, sans y parvenir pourtant. Les larmes débordaient de ses yeux et roulaient sur ses joues rebondies… Malgré moi, je l'ai pris dans mes bras et je lui ai caressé le dos en lui répétant que tout allait s'arranger. Exactement comme Père Dominic l'avait fait avec moi, beurk ! Mais tout ne s'arrangerait que si nous réagissions, et vite !

— Écoute, lui ai-je dit après l'avoir laissé sangloter quelques minutes, arrête de pleurer. On a du boulot.

Jack a relevé la tête de mon épaule. Ses yeux étaient rouges et gonflés. Heureusement que personne n'a débarqué à ce moment-là, autrement j'étais bonne pour être accusée de maltraitance.

— Co… comment ça ?

— Je vais essayer de ramener Jesse, ai-je répondu en l'aidant à descendre du lit. Et tu vas m'aider.

— C'est qui, Jesse ?

Je lui ai expliqué. Ou plutôt j'ai essayé. Je lui

ai dit que Jesse était le type qu'il avait exorcisé, que c'était mon ami, que c'était mal d'exorciser les gens, sauf s'ils avaient fait quelque chose de très méchant, comme essayer de vous tuer. Jack m'a répondu que Maria lui avait justement expliqué que Jesse me voulait du mal. Je lui ai donc appris que les fantômes étaient comme le reste de l'humanité, certains d'entre eux étaient dignes de confiance, mais d'autres étaient de vrais menteurs. Si Jack avait connu Jesse, il aurait tout de suite compris qu'il n'avait rien d'un assassin. Maria de Silva, en revanche…

— Elle avait l'air tellement gentille. Elle était si belle…

Les hommes, je vous jure ! À huit ans déjà ! C'est pathétique…

— Jack, connais-tu l'expression « l'habit ne fait pas le moine » ?

— Tu sais bien que je ne vais pas à l'église…

— Je ne vois pas le rapport… Je vais avoir besoin que tu lises ça, ai-je dit en l'entraînant dans le salon et en lui tendant une fiche que j'avais tirée de mon sac à main.

Jack a plissé les yeux en essayant de déchiffrer mon écriture.

— C'est écrit en quelle langue ? Ce n'est pas de l'anglais.

— Non, ai-je répondu en continuant à vider mon sac. C'est du portugais.

— Du quoi ?

— Du portugais, la langue qu'on parle au Portugal, mais aussi au Brésil et dans quelques autres endroits.

— Ah bon, a-t-il dit avant d'indiquer une petite boîte en plastique. Et ça, c'est quoi ?

— Du sang de poulet.

— Beurk !

— Écoute, si on veut réussir notre exorcisme, on doit suivre les instructions à la lettre, et donc utiliser du sang de poulet.

— Je n'en ai pas eu besoin avec Maria.

— Ouais, eh bien elle a sa façon de faire, et j'ai la mienne. Allons dans la salle de bains, je dois dessiner des trucs avec le sang de poulet, et je doute que l'équipe d'entretien apprécie beaucoup que je salisse la moquette.

Jack m'a suivie dans la salle de bains qu'il partageait avec son frère. Dans un coin de ma tête, je me suis demandé où était Paul. J'étais étonnée qu'il n'ait pas appelé, après m'avoir déposée devant une maison envahie par les policiers et les ambulanciers. Il aurait pu s'interroger sur la cause de cette agitation, mais il ne m'avait pas donné signe de vie. Et je m'en fichais complètement. N'empêche, c'était bizarre.

Il nous a fallu une heure, mais, une fois les préparatifs achevés, nous disposions des conditions idéales pour réaliser notre exorcisme – du vaudou brésilien, précisément. À l'aide du sang de poulet, que je m'étais procuré dans une épicerie du centre-ville, j'avais tracé des symboles sur le sol de la salle de bains. J'avais placé des bougies tout autour (elles étaient parfumées à la cannelle – c'est tout ce que j'avais trouvé –, ce qui donnait à la pièce un petit avant-goût de Noël… enfin, abstraction faite du sang de poulet). En dépit de notre amateurisme, nous avions réussi à créer un portail vers l'au-delà… qui s'ouvrirait quand Jack aurait accompli sa part du travail. Il avait répété la prononciation de chacun des mots de la fiche, et il s'en tirait plutôt bien. Une seule chose lui posait problème, apparemment : que je m'apprête à subir un exorcisme.

— Mais tu es en vie, ne cessait-il de répéter. Si j'exorcise ton âme, tu vas mourir, non ?

Pour être honnête, c'est une question que je ne m'étais pas vraiment posée. Qu'arriverait-il à mon corps une fois que mon esprit l'aurait quitté ? Je ne pouvais pas mourir quand même. Non, mon cœur et mes poumons ne s'arrêteraient pas parce que mon âme était en goguette. Je resterais sans doute allongée, là, comme plongée dans un coma. Ce qui ne parvenait pas à rassurer Jack.

— Mais, et si tu ne reviens pas ?

— Je vais revenir. Je te l'ai déjà expliqué, j'ai un corps qui m'attend. Je veux juste m'assurer que Jesse va bien. Si ce n'est pas le cas, j'essaierai de le ramener.

— Mais tu viens juste de dire que tu ne pouvais revenir que parce que tu avais encore un corps. Jesse, lui, n'en a plus ! Comment pourrait-il revenir ?

Je dois reconnaître que sa question était pertinente. Ce qui explique sans doute qu'elle m'ait mise de mauvais poil.

— Écoute, personne ne s'y est encore jamais essayé, à ce que j'en sais. Peut-être qu'il n'est pas indispensable d'avoir un corps pour revenir sur Terre. Je n'en ai aucune idée, d'accord ? Mais je ne peux pas renoncer simplement parce que je n'ai pas la réponse. Où serions-nous aujourd'hui si Christophe Colomb n'avait pas tenté le coup, hein ?

Jack a réfléchi un petit moment avant de répondre :

— En Espagne ?

— Très drôle.

Sur ces mots, j'ai sorti de mon sac une corde, dont j'ai fixé une extrémité autour de ma taille et l'autre autour de son poignet.

— Ça sert à quoi ?

— À retrouver mon chemin jusqu'à toi.

— Mais… mais si c'est ton âme qui part, à quoi bon accrocher une corde autour de ton corps ? Tu as dit qu'il resterait ici…

— Jack, lui ai-je répondu, les dents serrées, contente-toi de tirer sur la corde si je ne suis pas de retour au bout d'une demi-heure, entendu ?

J'avais estimé que c'était un délai raisonnable.

— Mais comment…

— Oh, bon sang ! Fais-le, un point c'est tout.

Il m'a jeté un regard noir. Hé ! c'est pas parce qu'on était tous les deux mediators qu'on était obligés de s'entendre comme les deux doigts de la main en permanence.

— D'accord, a-t-il soufflé avant d'ajouter dans sa barbe : Pas la peine d'être aussi désagréable.

Enfin, il a employé un mot beaucoup plus grossier. Les enfants de nos jours, je vous jure !

— Très bien, ai-je repris en me plaçant au centre du cercle formé par les bougies et les symboles. C'est parti.

— Tu ne devrais pas t'allonger ? Si tu perds

connaissance, je n'ai pas envie que tu te fasses mal en tombant.

Il avait raison. Je ne voulais pas que mes cheveux prennent feu ou un truc dans le genre. D'un autre côté, je ne voulais pas non plus tacher ma robe avec le sang de poulet. C'est vrai, elle m'avait coûté un bras. Soudain, j'ai pensé : *Suze, enfin, qu'est-ce qui te prend ? Ce n'est qu'une robe. Tu fais ça pour Jesse. Il vaut plus qu'une robe, non ?*

J'ai donc décidé de m'allonger. J'avais à peine posé un genou à terre qu'on a entendu un énorme tambourinement à la porte de la suite. J'ai paniqué. J'ai cru que les voisins avaient appelé les pompiers à cause de la fumée des bougies.

— Vite ! ai-je intimé à Jack. Souffle-les !

Pendant qu'il s'exécutait, je me suis précipitée à la porte.

— Qui est-ce ? ai-je demandé tout doucement.

— Susannah, ouvre immédiatement.

J'ai reconnu la voix sur-le-champ.

14

Si vous voulez mon avis, le père Dom a eu une réaction excessive.

Primo, je contrôlais parfaitement la situation. Deuxio, on n'avait sacrifié aucun animal. C'est vrai, le poulet était déjà mort de toute façon. Alors tous ces hauts cris étaient vraiment inutiles. D'après lui, mettre ma vie en danger était une chose, mais forcer un gamin à m'aider dans cette entreprise était méprisable. Je lui ai fait remarquer que c'était à cause de ce gamin que j'étais obligée de prendre de tels risques, mais ça n'a rien arrangé. Au contraire.

La situation m'a néanmoins permis de démontrer au père Dom que j'étais décidée à aller jusqu'au bout. Il a enfin compris que je ferais tout mon possible pour retrouver Jesse, avec ou sans son aide. Il s'est donc résolu à me prêter main-forte pour éviter que je me blesse, ou que je blesse quelqu'un.

Tout en ouvrant les portes de la basilique, il a déclaré, les lèvres pincées :

— Nous n'allons pas nous lancer dans une opération hasardeuse en nous inspirant du vaudou brésilien. Non, nous allons pratiquer un exorcisme catholique dans les règles de l'art.

Si vous y réfléchissez bien, j'ai sans doute les conversations les plus bizarres de la planète. *Un exorcisme catholique dans les règles de l'art ?* Et s'il n'y avait que les conversations qui étaient bizarres… Je me retrouvais dans une église déserte et sombre à minuit passé.

— Cette fois, l'opération sera supervisée par un adulte, a poursuivi le père Dominic en me poussant en avant. Comment as-tu pu t'imaginer que ce garçon réussirait à accomplir un cérémonial aussi compliqué ? Vraiment, je ne te comprends pas…

J'avais eu droit à cette rengaine tout l'après-midi. Jusqu'au retour des parents de Jack, et de Paul. Le père Dom nous avait forcés, Jack et moi, à nettoyer notre bazar – et ce n'est pas une mince affaire de gratter du sang de poulet séché, laissez-moi vous le dire –, puis nous nous étions assis pour attendre que les Slater rentrent de leur cours de tennis. Les parents de Jack avaient été quelque peu surpris de retrouver leur fils et sa baby sitter en compagnie d'un prêtre. Je n'avais pas eu le choix : le père Dom refusait de repartir sans moi. Il avait saisi l'occasion pour nous donner un petit cours sur l'art de la médiation. Il nous avait parlé pendant deux heures. Je n'exagère même pas. Deux heures. Jack a même dû regretter de m'avoir parlé de son don. Je parie qu'il rêvait de lancer : *Euh, vous savez, pour les fantômes ? C'était une blague, les gars, je plaisantais...* Enfin, je me trompe peut-être. Si ça se trouve, il était heureux d'apprendre les commandements de la profession. Dieu sait que mon savoir théorique sur le sujet laisse à désirer. D'ailleurs, si j'avais mieux potassé certains points, toute cette histoire avec Jesse ne serait peut-être jamais arrivée...

Bref, voilà donc ce qui nous occupait lorsque les parents de Jack ont débarqué : nous écoutions Père Dom qui nous rebattait les oreilles d'une voix monotone sur la responsabilité des mediators et les bonnes manières à avoir envers les ectoplasmes. Il s'est immédiatement tu à l'arrivée des Slater. Ils ont, de leur côté, interrompu leur conversation portant sur leurs projets de dîner. C'est Paul qui a rompu le silence.

— Suze, quelle surprise ! a-t-il lancé en souriant. Je croyais que tu étais malade.

— Je suis guérie, ai-je dit en me levant. Monsieur et madame Slater, Paul, je vous présente… le proviseur de mon lycée, le père Dominic, qui a eu la gentillesse de m'accompagner ici pour… rendre visite à Jack…

— Enchanté, a ajouté le père Dom en tendant sa main.

Il est sans doute inutile de rappeler qu'il en impose. Quand les Slater ont découvert qu'il dépendait de surcroît de la Mission Junipero Serra, ils sont devenus tout sucre : ils l'avaient visitée et ils avaient été drôlement impressionnés. Ils ne voulaient sans doute pas que Père Dom s'imagine qu'ils étaient du genre à venir passer leurs vacances dans une ville ayant un véritable intérêt historique et à occuper leurs journées à jouer au golf et siffler des cocktails. Paul a profité des mondanités des adultes pour s'approcher et me chuchoter :

— Tu as des projets pour ce soir ?

J'aurais pu lui dire la vérité : « Oh, rien de spécial, un petit exorcisme pour que mon âme puisse se balader dans les limbes, à la recherche du fantôme qui vivait dans ma chambre. » Mais ça aurait eu le côté désinvolte et agaçant d'une fausse excuse. Je me suis donc contentée de répondre :

— Oui.

— Dommage. J'aurais bien aimé t'emmener à Big Sur regarder le soleil se coucher puis aller manger un morceau.

— Désolée, c'est une super idée, mais j'ai déjà un truc de prévu.

La plupart des mecs auraient lâché l'affaire. Paul n'était pas de ceux-là. Il m'a même, l'air de rien, passé un bras autour des épaules. À supposer qu'on puisse faire ce genre de choses l'air de rien… Il a ajouté, le plus doucement possible pour que personne ne l'entende, surtout son petit frère qui se dévissait la tête :

— C'est vendredi soir, et nous repartons après-demain. Toi et moi, on ne se reverra peut-être jamais. Sois sympa… Tu peux bien faire ça pour moi, non ?

Je n'ai pas l'habitude d'être harcelée par des beaux gosses comme Paul. Depuis que j'avais emménagé en Californie, les types qui s'étaient intéressés à moi étaient plutôt du genre à avoir de sérieux problèmes relationnels. De ceux qui vous mènent en prison afin de purger une peine pour meurtre. En résumé, tout ça était assez nouveau pour moi. Et j'étais, malgré moi, flattée. N'empêche, je ne suis pas débile. Même si mon cœur n'avait pas été pris par un autre, Paul n'habitait pas ici. C'est facile de sortir le grand jeu quand on s'en va deux jours plus tard. Non, mais c'est vrai, aucun risque de devoir s'engager.

— C'est vraiment trop mignon ! ai-je dit. Mais tu sais quoi ? J'ai réellement quelque chose de prévu.

Je me suis dégagée de son bras et j'ai interrompu M. Slater au beau milieu du récit détaillé de ses exploits du jour sur le parcours de golf :

— Vous pourriez me déposer à la maison, Père Dominic ?

Il a accepté, naturellement, et nous sommes partis. J'ai bien vu le regard noir que me lançait Paul, et je l'ai attribué à mon refus de passer la soirée avec lui. J'ignorais que de toutes autres raisons en étaient la cause. Si seulement j'avais su… Si seulement…

Le père Dom m'a sermonnée tout le long du chemin. Je ne l'avais jamais vu autant en colère ; pourtant je lui en avais donné, des occasions de se mettre en pétard. Je lui ai demandé comment il avait su que j'étais à l'hôtel, et il m'a répondu qu'il n'avait pas mis longtemps à découvrir le pot aux roses. Il s'était rappelé que Sissi était une excellente élève qui n'avait aucun besoin de mon aide pour écrire quoi que ce soit, et avait fait demi-tour. Lorsqu'il avait appris que j'étais partie depuis dix minutes, il avait réfléchi aux endroits où lui se serait rendu dans ma situation.

— L'hôtel m'est apparu comme une évidence, m'a-t-il dit en se garant devant ma maison.

Il n'y avait pas d'ambulances cette fois. Rien que les pins ombrageux et le son discret de la radio qu'Andy écoutait en travaillant dans le jardin. Une soirée d'été paisible, pas de celles qu'on imaginerait consacrer à un exorcisme.

— Tu n'es pas vraiment ce que j'appellerais imprévisible, Susannah, a conclu le père Dominic. Je repasserai te prendre vers minuit pour t'emmener à la Mission.

— À la Mission ?

— Puisque tu as l'intention de pratiquer cet exorcisme, nous l'exécuterons selon les règles de l'art, dans la maison du Seigneur. Malheureusement, l'évêque n'est pas homme, tu t'en doutes, à apprécier qu'on fasse un tel usage des biens de l'Église. Il m'en coûte de recourir à pareil subterfuge, mais je vois bien que tu ne saurais te laisser convaincre de changer d'avis et je suis donc contraint de m'adapter. Je veux être sûr que personne ne puisse nous surprendre. C'est pourquoi nous nous retrouverons à minuit.

L'heure était venue. Je ne peux pas vraiment vous dire ce que j'ai fabriqué en attendant. J'étais trop nerveuse pour me concentrer sur quoi que ce soit. Je ne sais même pas ce que nous avons commandé pour le dîner, j'y ai à peine touché. Nous étions tous les trois, maman, Andy et moi : Dormeur avait un rancard avec Caitlin, et Stone était avec sa nouvelle pouffe. Je me rappelle d'une seule chose avec précision : Sissi a appelé pour m'annoncer que le papier sur la saga de la famille de Silva/Diego paraîtrait dans l'édition du dimanche.

— Le journal sera lu par trente-cinq mille personnes, a-t-elle précisé, ce qui est un score bien meilleur que celui en semaine. La plupart des gens l'achètent uniquement le dimanche à cause des BD.

Le médecin légiste avait émis une conclusion provisoire qui confirmait ma théorie : le squelette trouvé dans notre jardin avait été enterré entre cent cinquante et cent soixante-quinze ans auparavant et appartenait à un homme âgé de vingt à vingt-cinq ans.

— Il a du mal à donner plus de détails sur sa physionomie, vu que Brad a endommagé le crâne avec sa pelle. Mais il a identifié la cause du décès avec certitude.

J'ai plaqué le combiné contre mon oreille pour éviter que ma mère et Andy, qui étaient juste à côté, puissent entendre.

— Ah bon ? ai-je dit de la voix la plus calme possible, même si je sentais un frisson me parcourir.

— Asphyxie. Il y a apparemment un os dans le cou qui permet de le savoir.

— Alors, il a été…

— Étranglé, a-t-elle complété le plus naturellement du monde. Au fait, tu as des plans pour ce soir ? Ça te dirait de passer ? Adam est obligé d'aller à un truc de famille. On louerait un film…

— Non, je ne peux pas. Merci, Sissi. Merci beaucoup.

Et j'ai raccroché.

Étranglé. Jesse avait été étranglé par Felix Diego. C'est marrant, j'avais toujours imaginé qu'il avait été abattu par balle. La strangulation était plus logique : si on lui avait tiré dessus, la détonation du revolver aurait attiré l'attention et on aurait ouvert une enquête. La disparition de Hector de Silva n'aurait alors rien eu de mystérieux. Felix pouvait très bien avoir étranglé Jesse dans son sommeil et enterré son cadavre dans le jardin, avec ses affaires. Le crime passait ainsi inaperçu…

J'ai dû rester plantée là, le regard perdu, un bon moment, car ma mère a fini par me demander :

— Suze ? Tout va bien, trésor ?

J'ai sursauté avant de répondre :

— Oui, oui, maman, tout va bien.

Mais je n'allais pas bien. Et ça n'était pas près de s'arranger.

Je ne m'étais rendue que deux fois à la Mission après la nuit tombée, et elle avait toujours un côté lugubre… Les ombres étales, les recoins sombres, les bruits étranges. Il y avait une statue de la Vierge Marie à l'entrée de la basilique ; Adam prétendait que, si on passait devant en ayant une pensée impure, elle se mettait à pleurer du sang. Manifestement, mes pensées n'étaient pas impures quand j'ai pénétré dans le bâtiment. Quoi qu'il en soit, j'avais les chocottes. Au-dessus de ma tête s'élevait un dôme gigantesque, qui, depuis la fenêtre de ma chambre, paraissait rouge le jour et bleu la nuit, devant moi se trouvait le chœur, où étincelait l'autel, drapé de blanc.

Le père Dom ne s'était pas tourné les pouces. Il avait installé un large cercle de bougies devant l'autel. Tout en grommelant que j'avais besoin de la supervision d'un adulte, il s'est penché pour allumer les mèches.

— C'est ici que vous… que nous allons le faire ? ai-je demandé.

Il s'est redressé et a parcouru son installation du regard.

— Oui, a-t-il dit avant d'ajouter d'un air revêche, se méprenant sur l'expression de mon visage :

Ne te laisse pas berner par l'absence de sang de poulet, Susannah. Je peux t'assurer que l'exorcisme catholique est très efficace.

— Non, non, ce n'est pas ça... Simplement...

Le sol était en marbre, beaucoup plus dur que celui de la salle de bains, à l'hôtel. Me souvenant des inquiétudes de Jack, j'ai repris :

— Et si je tombe ? Je pourrais me cogner la tête...

— Tu n'as pas à t'inquiéter, tu seras allongée.

— Je ne peux pas prendre un oreiller, ou un truc dans le genre ? Le sol a l'air gelé. Pourquoi pas ça ? ai-je ajouté en indiquant le tissu qui drapait l'autel.

Le père Dominic est tout de suite monté sur ses grands chevaux :

— Au nom de Dieu, Susannah ! Ce serait sacrilège !

Il est allé me chercher des aubes, et je me suis fait un petit matelas sur le sol au centre des bougies. C'était plutôt confortable. Si mon cœur n'avait pas battu aussi fort, j'aurais peut-être été capable de m'endormir.

— Très bien, Susannah...

Le père Dom m'en voulait, ça s'entendait. Et il a jugé utile de m'administrer un dernier sermon.

— Si j'accepte de t'aider dans ce projet ridicule, c'est uniquement parce que j'ai compris qu'autrement tu te débrouillerais pour agir seule, ou, Dieu nous en garde, avec l'aide de ce garçon. Mais ne va pas t'imaginer une seule seconde que j'approuve.

J'ai ouvert la bouche pour me défendre, mais il a levé une main.

— Non, laisse-moi terminer, je te prie. Maria de Silva a mal agi, et je sais que tu cherches seulement à réparer le tort fait à Jesse. Malheureusement, je ne vois pas comment tout cela pourrait bien finir. D'expérience, et tu voudras bien reconnaître, je l'espère, que la mienne est plus importante que la tienne, une fois exorcisés, les esprits ne reviennent pas en arrière. Tu te retrouveras dans une sorte d'antichambre pour ceux qui ont quitté notre monde et n'ont pas encore atteint leur destination finale. Si Jesse y est toujours, et si tu réussis à le croiser, et ses deux « si » sont énormes, ne sois pas surprise qu'il préfère rester là-bas.

— Père Dom…, ai-je commencé en me redressant sur les coudes, mais il m'a interrompue d'un mouvement de tête.

— C'est peut-être sa seule chance d'aller de l'avant, Susannah, a-t-il repris d'un air sombre.

— Non, c'est faux. S'il est resté aussi longtemps ici, c'est qu'il y a bien une raison. Il lui suffit de comprendre ce qui le retient pour décider de lui-même d'aller de l'avant…

— Susannah, ce n'est pas aussi simple…

— Il a le droit de prendre cette décision seul.

— Je suis d'accord. C'est justement ce que j'essaie de t'expliquer, Susannah. Si tu le trouves, tu dois le laisser décider seul. Tu ne dois pas… hum… user d'un quelconque… euh…

— Père Dom, qu'est-ce que vous essayez de dire ?

— Eh bien, simplement…

Je ne l'avais jamais vu aussi gêné. Je ne comprenais pas où il voulait en venir.

— … j'ai remarqué que tu t'étais changée…

J'avais en effet troqué ma robe rose contre une noire avec des petites fleurs brodées, et je l'avais assortie à des mules Prada. J'avais mis du temps à choisir cette tenue. C'est vrai, qu'est-ce qu'on porte à un exorcisme ? Je n'avais vraiment pas besoin que le père Dom critique ma tenue.

— Quoi ? Qu'est-ce qui ne va pas ? On dirait que je vais à un enterrement, c'est ça ? J'étais sûre que le noir n'était pas approprié.

— Le noir convient parfaitement, c'est simplement que… Susannah, tu ne dois pas essayer de recourir à tes… hum… attraits féminins pour influencer la décision de Jesse.

Ma mâchoire s'est décrochée. J'étais furax.

— Père Dominic ! ai-je crié en m'asseyant.

Je n'ai pas su quoi ajouter, alors je me suis contentée de :

— Si seulement…

— Susannah, ne joue pas l'innocente. Je sais que tu tiens à Jesse. Je te supplie simplement de ne pas user de tes atouts pour le manipuler…

— Comme si j'avais ce pouvoir…, ai-je grommelé.

— Oui, bien sûr que oui, tu l'as. Tout ce que je te demande, c'est de ne pas en jouer. Pour votre bien à tous les deux. Je t'en prie.

— Très bien, je ne le ferai pas. De toute façon, je n'en avais pas l'intention.

— Je suis ravi de l'apprendre, a-t-il conclu en feuilletant un petit volume avec une couverture en cuir. Et si nous commencions ?

— Pourquoi pas ?

Tout en pestant, je me suis rallongée. Je n'en croyais toujours pas mes oreilles : moi, utiliser mes atouts féminins pour ramener Jesse ? Ah ! Le père Dom oubliait deux faits essentiel : primo, je ne suis pas certaine d'en avoir, deuxio, si c'est le cas, Jesse ne s'y est jamais montré sensible. Quoi qu'il en soit, le père Dominic s'était senti obligé de les mentionner, ce qui signifiait qu'il avait remarqué quelque chose, lui. Ça devait être la robe. Tout en m'allongeant, j'ai senti un sourire s'épanouir sur mon visage.

Le père Dominic s'est mis à lire son petit livre, tout en balançant son encensoir. Laissez-moi vous dire que ça puait. Je ne comprenais pas un seul des mots qu'il prononçait, parce que c'était en latin. C'était agréable à écouter, cela dit. Je me suis demandé si je n'aurais pas eu intérêt à enfiler un pantalon plutôt. Je ne savais pas ce qui m'attendait après tout. Et si je devais escalader des trucs ? On verrait ma culotte…

Vous vous seriez attendu à des pensées plus inspirées, n'est-ce pas ? Je suis désolée de vous apprendre que la pensée la plus profonde qui me soit venue pendant que le père Dominic exorcisait mon âme a été la suivante : une fois que toute cette affaire serait réglée, que Jesse serait rentré, que Maria et Felix auraient été enfermés dans leur sale crypte, je prendrais un très, très, très long bain dans le jacuzzi qu'Andy était en train d'installer, parce que j'avais mal partout.

Soudain, quelque chose s'est produit au-dessus de ma tête. Une partie du dôme de la basilique a disparu derrière un écran de fumée. J'ai compris qu'elle provenait de l'encensoir de père Dom. Elle montait en tourbillons au-dessus de ma tête.

Au cœur du cyclone de fumée, j'ai aperçu le ciel et les étoiles qui scintillaient. Je n'ai reconnu aucune constellation, alors que Jesse avait essayé de m'apprendre leurs noms. À l'exception de la Grande Ourse, que tout le monde connaît, je suis une vraie bille en constellations. Peu importait de toute façon ; ce n'était pas le ciel que je voyais. Pas le ciel terrestre en tout cas. C'était autre chose.

— Susannah, a dit doucement le père Dominic.

Je m'étais à moitié assoupie. J'ai sursauté.

— Quoi ?

— Il est temps.

15

Père Dominic est bizarre. Pourquoi est-il aussi bizarre ?

J'ai eu la réponse quand je me suis assise. Ou plutôt quand une partie de moi s'est assise, car l'autre est restée allongée. Vous connaissez Sabrina, l'apprentie sorcière qui se dédouble pour pouvoir à la fois faire la fête avec Harvey et assister à un congrès de sorcellerie avec ses tantes ? Eh bien c'était exactement ce qui m'arrivait : je me dédoublais. À cela près qu'une des deux parties seulement était consciente. L'autre était restée allongée, les paupières closes. Et vous savez quoi ? Ce bleu sur mon front était vraiment immonde. Pas étonnant que tous ceux qui l'apercevaient aient un mouvement de recul.

— Ça va, Susannah ? m'a demandé le père Dominic.

J'ai quitté des yeux mon double endormi.

— Oui, ça va, ai-je dit en m'examinant.

J'étais exactement comme la Susannah qui dormait à mes pieds, sauf que je projetais une légère lueur. Très chic, à mon avis. L'éclat spectral fait en effet beaucoup de bien au teint des jeunes filles. Et mon bleu n'était plus douloureux !

— Tu n'as pas beaucoup de temps, m'a informée le père Dominic, pas plus d'une demi-heure.

Je l'ai regardé avec étonnement.

— Comment je saurai qu'elle est écoulée ? Je ne porte pas de montre.

Et ce pour la bonne raison qu'elles finissent toujours écrabouillées par un fantôme colérique. De toute façon qui a envie de connaître l'heure ? La réponse est presque toujours décevante.

— Prends la mienne, a proposé le père Dominic en me tendant son énorme montre en acier.

C'était le premier objet que je touchais en tant qu'esprit. Elle m'a paru incroyablement lourde. Pourtant, j'ai réussi à la fixer à mon poignet ; elle pendait comme un bracelet, ou une menotte.

— Allez, je me lance, on verra bien, ai-je dit en regardant la trouée au-dessus de moi.

Il fallait que je me hisse à travers cette ouverture.

Ne me demandez pas pourquoi je n'y avais pas pensé avant. Je devais prendre appui sur les parois de ce trou dans l'espace-temps pour y pénétrer. En petite robe, s'il vous plaît ! J'avais parcouru la moitié du chemin lorsque j'ai entendu une petite voix familière crier mon nom. Le père Dominic s'est retourné d'un seul bloc. Je me suis penchée – à l'intérieur du trou, je ne voyais qu'un brouillard gris qui déposait une bruine humide sur mon visage –, et j'ai aperçu Jack. Il descendait en courant l'allée centrale. Son visage était pâle comme la mort, et il traînait quelque chose dans son sillage. Le père Dominic l'a intercepté avant qu'il ne se jette sur mon corps inconscient.

— Que fais-tu ici ? lui a demandé le père Dominic. As-tu idée de l'heure qu'il est ? Tes parents sont-ils au courant ? Ils doivent être morts d'inquiétude…

— Ils… ils dorment, a haleté Jack. S'il vous plaît, Suze a… elle a oublié sa corde. Comment pourra-t-elle revenir sans ?

Le père Dominic la lui a prise des mains sans un mot de remerciement.

— Tu as eu tort de venir ici, Jack. Qu'est-ce qui t'a pris ? Je t'ai dit que ce serait très dangereux.

— Mais…, a reparti Jack en continuant à fixer mon corps inconscient. Elle a oublié sa corde.

— Lancez-la-moi ! ai-je crié depuis mon trou céleste.

Jack a levé les yeux vers moi, et l'inquiétude a déserté son visage.

— Suze ! Tu t'es transformée en fantôme ! s'est-il réjoui.

— Chut ! s'est écrié le père Dominic, le visage grave. Je suis sérieux, jeune homme, tu dois parler moins fort.

— Salut, Jack, ai-je dit depuis mon trou. Merci beaucoup pour la corde. Comment es-tu venu jusqu'ici ?

— Avec la navette de l'hôtel. Je suis monté en douce. Elle allait en ville pour ramasser les poivrots, je n'ai eu aucun mal à descendre près de la Mission.

Je n'aurais pas été plus fière s'il s'était agi de mon propre fils.

— Bien joué, l'ai-je complimenté.

— Nous n'avions vraiment pas besoin de ça, a grommelé le père Dominic. Prends cette corde, Susannah, et, pour l'amour de Dieu, dépêche-toi...

— Oui, oui, ai-je dit en me penchant pour attraper l'extrémité de la corde et la nouer solidement autour de ma taille. Si je ne suis pas revenue d'ici une demi-heure, tirez !

— D'ici vingt-cinq minutes, m'a reprise le père Dominic, nous avons perdu du temps à cause de ce jeune homme.

Il a sorti une montre à gousset de la poche de son manteau tout en tenant fermement l'autre extrémité de la corde.

— Allez, Susannah, m'a-t-il pressée.

— C'est bon, je file… À tout de suite.

J'ai basculé mes jambes à l'intérieur de l'écran de fumée. En regardant par le trou, j'ai aperçu le père Dominic et Jack, le nez en l'air. Je me suis également vue, endormie comme Blanche-Neige, au centre d'un cercle de bougies enflammées. Cela dit, je doute que Blanche-Neige ait jamais porté du Prada.

J'ai relevé les yeux et regardé autour de moi. Il n'y avait rien. Sérieux : rien que le ciel noir, dans lequel quelques étoiles brillaient d'une lueur froide. Et le brouillard, épais, mouvant, glacial. *J'aurais dû prendre un pull*, ai-je songé en réprimant un frisson. J'avais l'impression que le brouillard comprimait l'air qui remplissait mes poumons, et qu'il assourdissait les sons : je n'entendais même pas le bruit de mes pas. Bref, vingt-cinq minutes, ce n'était pas long. J'ai aspiré une goulée d'air humide et j'ai hurlé :

— Jesse !

Ce qui a été très efficace. Non que Jesse se soit pointé. En revanche, un autre type a rappliqué, en tenue de gladiateur. Je ne plaisante même pas. On aurait dit le genre de gugusse qu'on trouve au pied du Colisée, avec le plumeau sur le casque, la minijupe en cuir et la grande épée. Je ne distinguais pas ses pieds à cause du brouillard, mais j'ai supposé qu'il portait des spartiates montantes (pourtant peu flatteuses quand on a le genou épais).

— Tu n'as rien à faire ici, a-t-il lancé de sa voix grave.

J'en étais sûre : la robe à bretelles était une erreur. J'ignorais qu'il y avait un code vestimentaire pour le purgatoire, mais qui pourrait me le reprocher ?

— Je sais, ai-je répondu en lui lançant mon plus beau sourire.

Et si Père Dom avait raison ? J'étais prête à user de mes appâts féminins avec le frère jumeau de Russel Crowe.

— Pour tout vous dire, ai-je poursuivi en jouant avec la corde, je cherche un ami. Vous le connaissez peut-être. Jesse de Silva ? Il a dû arriver hier soir. Il a dans les vingt ans, il mesure un mètre quatre-vingts, ses yeux sont foncés…

Et il a des abdos à se damner…

Russel Crowe n'avait pas dû m'écouter avec beaucoup d'attention, parce qu'il s'est contenté de répéter :

— Tu n'as rien à faire ici.

Très bien, grosse erreur, la petite robe. Comment j'allais me débarrasser de ce type sans la déchirer ?

— Écoutez, monsieur, ai-je insisté en m'avançant et en m'efforçant de ne pas fixer ses pectoraux, qui étaient si développés que sa poitrine était plus imposante que le mienne. Je vous l'ai expliqué, je cherche quelqu'un. Alors soit vous me répondez, soit vous me fichez la paix. Je suis mediator, d'accord ? J'ai le droit d'être là autant que vous.

J'ignore, naturellement, si c'était la vérité, mais, mince, j'étais médiator depuis toujours, et jusqu'ici qu'est-ce que ça m'avait rapporté ? Que dalle. Et j'estime que j'ai des droits. Apparemment, le gladiateur était de mon avis. Son ton a changé du tout au tout :

— Un mediator ?

Il m'a regardée avec autant d'étonnement que si j'avais été un singe qui lui avait raconté une blague. Quoi qu'il en soit, j'avais dû trouver le sésame, parce qu'il a repris, lentement :

— Je sais de qui tu parles.

Il a réfléchi un moment, puis il s'est écarté sur le côté et m'a lancé d'une voix autoritaire :

— Va, et n'ouvre aucune porte. Il viendra à toi.

Je l'ai dévisagé.

— Vous… vous êtes sérieux ?

Pour la première fois depuis le début de notre rencontre, il a fait preuve de caractère.

— J'ai l'air de plaisanter ?

— Euh… non.

— Je suis le gardien. Je ne suis pas là pour raconter des blagues. Va, maintenant. Tu n'as pas beaucoup de temps.

Il m'a indiqué une direction : au loin, j'apercevais quelque chose. J'ai eu envie de serrer mon nouvel ami le gladiateur dans mes bras, mais je me suis retenue. Il ne devait pas apprécier les démonstrations d'affection.

— Merci. Merci beaucoup.

— Dépêche-toi. Et rappelle-toi : quoi qu'il arrive, ne te dirige pas vers la lumière.

J'ai tiré sur la corde un petit coup sec pour que Père Dom me donne du lest.

— Pas vers la lumière ? Vous plaisantez, là…

Je vous le jure, il a pris un ton outré.

— Je te l'ai déjà dit, je ne suis pas là pour faire des blagues. Pourquoi mentirais-je ?

Je lui aurais bien répondu que cette histoire de

lumière était vraiment dépassée. Un film de revenants sur deux utilisait cette réplique. Mais qui sait ? Le type qui écrivait ces scénarios était peut-être mediator. Peut-être même qu'il était pote avec le gladiateur.

— Entendu, ai-je dit en le dépassant, j'éviterai la lumière.

— Et tu n'ouvriras aucune porte.

— Aucune, ai-je répété en lui adressant un clin d'œil. Pigé.

Je me suis retournée, et le brouillard a disparu. Enfin, pas complètement. Il continuait à me lécher les talons, mais il s'était en grande partie dissipé : j'étais dans un couloir où s'alignaient des portes. Il n'y avait pas de plafond au-dessus de ma tête, que les étoiles et le ciel d'un noir d'encre. Le couloir semblait s'étirer à l'infini. Et je n'étais pas censée ouvrir ces portes. Ni aller vers la lumière. Ça, au moins, c'était facile : je n'apercevais aucune lumière. Mais résister à la tentation de savoir ce qui se trouvait derrière ces portes closes, c'était une autre paire de manches. Et si je jetais un minuscule coup d'œil en entrouvrant à peine l'une d'entre elles ? Est-ce que j'apercevrais un monde parallèle ? la planète Vulcain ? Ou bien un monde dans lequel Suze Simon serait une fille comme les autres, pas un mediator ? Un monde dans lequel elle serait élue reine de sa promo ? Où Jesse, qui ne serait pas un fantôme, pourrait l'emmener au bal de fin d'année, conduire sa propre voiture et avoir sa chambre... Soudain, j'ai cessé de me poser des questions. Jesse venait de se matérialiser et il avançait dans ma direction. Il a semblé très surpris de me voir. Je ne sais pas si sa surprise était due à ma présence dans l'antichambre du paradis ou à l'incroyable longueur de corde que je traînais derrière moi, et qui s'accordait mal, il faut le reconnaître, avec le reste de ma tenue. Quoi qu'il en soit, il était en état de choc.

— Ah... salut ! ai-je lancé en m'assurant que ma frange dissimulait bien mon bleu.

Jesse s'est immobilisé et m'a dévisagée. Il n'avait pas changé depuis la dernière fois. Cela dit, pour les retrouvailles chaleureuses – une étreinte, ou, pourquoi pas, un baiser –, il faudrait repasser. Il est resté planté là, à me toiser comme si j'avais pris trente centimètres depuis son départ.

— Susannah, a-t-il soufflé. Que fais-tu ici ? Tu n'es pas... tu n'es pas...

J'ai tout de suite compris ce qu'il s'imaginait et j'ai répondu avec un petit rire nerveux :

— Morte ? moi ? Non, non. Je suis juste... euh... montée ici parce que je voulais... euh... tu vois... m'assurer que tu allais bien.

Est-ce que j'aurais pu être plus pathétique ? Enfin, franchement. Je m'étais imaginé cette scène un millier de fois depuis que j'avais décidé de partir à la recherche de Jesse, et dans toutes les versions que j'avais inventées il n'y avait jamais eu besoin d'explications. Jesse se contentait de me serrer dans ses bras et de m'embrasser. Sur les lèvres. Alors que là, c'était super bizarre. Si j'avais su, j'aurais préparé un petit discours…

— Euh…, ai-je repris.

Si seulement je pouvais arrêter de dire « euh », au moins.

— Je voulais m'assurer que tu étais content d'être ici. Parce que si ce n'est pas le cas, Père Dom et moi, on a pensé que tu pourrais revenir sur Terre. Pour… euh… résoudre ce qui te retenait en bas. Dans mon monde. Enfin, le monde des vivants, me suis-je aussitôt reprise en me rappelant l'avertissement du père Dominic.

Jesse continuait à me regarder fixement.

— Susannah…

Sa voix était bizarre. J'ai compris pourquoi deux secondes plus tard, quand il m'a demandé :

— Ce n'est pas toi qui m'a envoyé ici ?

— Quoi ?

La douleur modifiait ses intonations.

— Ce n'est pas toi qui as organisé mon exorcisme ?

— Moi ?

Ma voix venait de monter de dix octaves, au moins.

— Moi ? Bien sûr que non, Jesse. Je n'aurais jamais fait une chose pareille. Enfin, tu sais que ce n'est pas mon genre, non ? C'est Jack qui s'en est occupé. Ta fiancée, Maria, l'a convaincue que c'était indispensable. Elle voulait se débarrasser de toi. Elle a raconté à Jack que tu m'embêtais. Comme il manque de jugeote, il t'a exorcisé, et puis Felix Diego m'a jetée du toit, et, Jesse, ils ont retrouvé ton corps, enfin tes os, et je les ai vus, et j'ai vomi dans le jardin, et tu manques vraiment beaucoup à Paillasson, et j'ai pensé que, si tu voulais revenir, tu pouvais, et j'ai attaché une corde autour de ma taille pour retrouver le chemin.

Je ne contrôlais plus le flot de paroles qui s'échappait de ma bouche. Ça m'arrive même quand je ne suis pas au purgatoire. Les mots sortaient tout seuls. Enfin, il y avait une limite, heureusement. Je n'allais quand même pas lui dire pourquoi je voulais qu'il rentre. Je n'allais pas lui parler d'amour. Et pas seulement à cause des mises en garde de Père Dom.

— Seulement si tu veux revenir, ai-je repris. Je

comprendrais que tu préfères rester ici. C'est vrai, au bout de cent cinquante ans, c'est sans doute un soulagement. J'imagine que tu vas pouvoir achever le voyage bientôt et commencer une nouvelle vie, ou aller au paradis. Mais je me suis dit, tu vois, que ce que Maria t'avait fait, à deux reprises, était injuste, et que si tu voulais découvrir la raison pour laquelle tu étais resté aussi longtemps sur Terre, eh bien, je te filerais un coup de main.

J'ai consulté la montre de Père Dom. C'était plus facile que de soutenir le regard de Jesse, qui restait impénétrable.

— Le seul hic, c'est que je ne peux pas rester loin de mon corps plus d'une demi-heure, et je n'ai plus qu'un quart d'heure. Tu dois prendre une décision rapidement. Alors ?

Étais-je à la hauteur des attentes de Père Dom ? En tout cas, je n'avais pas joué de mes charmes. Personne n'aurait pu m'accuser d'avoir tenté quoi que ce soit : je n'avais même pas souri. Professionnelle jusqu'au bout des ongles. Je ne savais pas, cependant, combien de temps je serais capable de conserver mes distances. Surtout si Jesse se mettait à me toucher le bras...

— Susannah, a-t-il commencé d'une voix, qui, cette fois, trahissait la colère. Es-tu en train de m'expliquer que tu es *morte* pour moi ?

— Euh… Eh bien, pas vraiment, ai-je répondu. Pas encore en tout cas. Mais si on traîne trop…

Il m'a serré le bras en lançant :

— Allons-y.

Je n'étais pas certaine qu'il ait bien saisi la situation.

— Jesse, ai-je repris, je suis capable de retrouver mon chemin toute seule. Le gardien et moi, on est comme les deux doigts de la main. Si tu me suis parce que tu as envie de retourner sur Terre, parfait, mais si tu tiens juste à me raccompagner, crois-moi, je peux y arriver toute seule.

— Susannah, tais-toi.

Il a attrapé la corde et entrepris de la remonter. *Super*, ai-je pensé, *il est en pétard contre moi*. Je risque ma vie – parce que, soyons honnête, c'était bien le cas –, et il m'en veut. J'aurais dû m'en douter. C'est vrai, risquer sa vie pour un type revient à lui faire une déclaration d'amour. C'est pire, même. Comment j'allais m'en sortir, cette fois ?

— Ne t'imagine pas que je suis là pour toi, Jesse. C'est franchement pénible de partager ma chambre avec un type comme toi. Tu t'imagines que ça me plaît d'être obligée de t'expliquer des trucs comme la Baie des Cochons en rentrant du lycée ou du boulot ? Je t'assure, la vie avec toi est loin d'être une partie de plaisir.

Il n'a rien répondu. Il s'est contenté de me traîner derrière lui.

— Sans parler de Tad, ai-je dit en amenant volontairement un sujet sensible sur le tapis. Tu penses que c'est agréable d'être fliquée quand j'ai un rancard ? Si tu sortais de ma vie, elle serait plus simple. Alors ne te fais pas d'idées. Si je suis venue, c'est uniquement parce que cet imbécile de chat est inconsolable. Et parce que toute occasion d'énerver ton abrutie de fiancée est bonne à prendre.

— *Madre de Dios*, Susannah, a-t-il marmonné. Maria n'est pas ma fiancée.

— En tout cas, elle l'a été. Parlons-en justement ! Cette fille est une véritable horreur, Jesse. Je n'en reviens pas que tu aies accepté de l'épouser. Qu'est-ce qui t'a pris ? Tu étais incapable de voir ce qui se cachait sous la dentelle, ou quoi ?

— C'était différent, à cette époque, Susannah, a-t-il lâché entre ses dents serrées.

— Ah ouais ? Tellement différent que tu étais incapable de te rendre compte que la fille avec qui tu allais passer ta vie n'était qu'une grosse vieille…

Il m'a forcée à m'arrêter.

— Je la connaissais à peine, a-t-il lancé en plantant ses yeux dans les miens. D'accord ?

— Vous étiez cousins ! Puisqu'on en parle, c'est d'ailleurs un autre des points qui me chiffonnent…

— Oui, nous étions cousins, m'a-t-il interrompue en me secouant le bras. Mais je te l'ai déjà expliqué, les choses étaient différentes à cette époque, Susannah. Si nous avions davantage de temps, je te dirais…

— Il nous reste… douze minutes, ai-je poursuivi en regardant la montre de Père Dom. Je t'écoute.

— Susannah…

— Je te le jure, Jesse, je ne bougerai pas d'ici tant que tu ne m'auras pas expliqué.

Il a poussé un grognement de frustration et prononcé ce qui devait être un très gros mot en espagnol. S'il y a bien une chose qu'on ne nous apprend pas en cours d'espagnol, ce sont les gros mots.

— Très bien, a-t-il dit en lâchant mon bras. Tu veux savoir ? Tu veux savoir comment c'était à l'époque ? C'était différent. La Californie était un autre monde. Les hommes et les femmes ne se mélangeaient pas. Les garçons et les filles ne jouaient pas ensemble, ils ne s'asseyaient pas côte à côte en classe. Je ne me suis retrouvé dans la même pièce que Maria qu'à de rares occasions, pour un repas, ou, parfois un bal. Je ne crois pas l'avoir entendue prononcer plus de quelques mots…

— Elle a dû te faire une sacrée impression, pour que tu acceptes de l'épouser.

Jesse s'est passé une main dans les cheveux en lâchant une nouvelle insulte en espagnol.

— J'ai accepté de l'épouser, parce que c'était le souhait de mon père, et celui de son père. Comment aurais-je pu refuser ? Mais je n'en avais pas envie, même si j'ignorais alors la vraie nature de Maria. Ce n'est que plus tard, en recevant les lettres, que j'ai compris…

— Que son orthographe était catastrophique ?

— … que nous n'avions rien en commun et que ça ne changerait jamais. Pourtant, même à ce moment-là, je n'ai pas voulu déshonorer ma famille en rompant nos fiançailles. Pas pour si peu.

— En revanche, quand tu as appris qu'elle n'était pas aussi innocente qu'elle le laissait croire, ai-je dit en croisant mes bras sur ma poitrine et en foudroyant du regard ce machiste du XIXe siècle, tu as décidé qu'elle n'était pas digne de devenir ta femme ?

— Quand j'ai eu vent des rumeurs au sujet de Maria et de Felix Diego, a-t-il repris sur un ton qui trahissait son impatience, j'ai été très malheureux. Je connaissais Felix, c'était un homme mauvais et cruel qui ne s'intéressait qu'à l'argent. Maria en avait beaucoup. Il voulait l'épouser, je te laisse deviner pourquoi. Quand je l'ai découvert, j'ai pensé qu'il valait mieux en finir, oui…

— Mais Felix a été plus rapide, ai-je dit avec un sanglot dans la voix.

— Susannah, j'ai eu un siècle et demi pour m'habituer à ma mort. Peu m'importe, aujourd'hui, de savoir qui m'a tué, ou pourquoi. Ce qui m'importe, en revanche, c'est que tu ne finisses pas de la même manière. Veux-tu bien avancer, maintenant, ou devrai-je te porter ?

— C'est bon, ai-je répondu en me laissant entraîner. Mais je tiens à préciser une chose : je ne suis pas venue ici parce que je suis amoureuse de toi ou un truc dans le genre.

— Je ne me fais pas d'idées pour reprendre tes mots, a-t-il rétorqué sèchement.

— Parfait.

Je me suis demandé si j'avais réussi à rester professionnelle. En vérité, je commençais à penser que je l'étais beaucoup trop. J'en devenais agressive.

— Parce que je ne suis pas là pour toi, mais pour le chat. Tu lui manques beaucoup.

— Tu n'aurais pas dû venir, a marmonné Jesse dans sa barbe.

Le couloir avait disparu à la minute ou nous

nous étions décidés à le remonter, et nous étions de nouveau plongés dans le brouillard. Nous suivions la corde que Jack avait eu la bonne idée d'apporter.

— Je ne comprends pas que le père Dominic n'ait rien fait pour t'empêcher d'agir de la sorte.

— Eh ! Laisse le père Dom en dehors de tout ça. C'est entièrement ta faute, tu sais. Rien de tout ceci ne serait arrivé si tu avais eu l'honnêteté de me raconter les circonstances de ta mort dès le début. J'aurais pu dire à Andy de creuser ailleurs. Et je me serais préparée à affronter Maria et son gitan de mari. Je ne comprends pas pourquoi ils ont tellement peur qu'on découvre qu'ils forment un couple de meurtriers. Ils sont prêts à tout pour que ta mort reste un myst…

— Tout simplement parce que, pour eux, le temps ne s'est pas écoulé depuis leur mort. Ils reposaient en paix jusqu'à ce que la découverte de mon corps soit imminente. Elle constituait une menace pour eux : la cause de mon décès allait forcément donner lieu à des spéculations. Ils ignorent que plus d'un siècle est passé depuis. Ils tentent de sauvegarder leur rang dans la société.

— Je suis payée pour le savoir, ai-je dit en tâtant mon bleu. Ils se croient toujours en 1850, et ils n'ont qu'une trouille : que les voisins apprennent qu'ils t'ont zigouillé. De toute façon, tout le monde sera au courant d'ici un ou deux jours. La vérité sera révélée grâce à *La Pomme de pin de…*

Jesse s'est retourné brusquement. Il avait l'air plus furax que jamais.

— Susannah, qu'est-ce que tu racontes ?

— J'ai balancé toute l'histoire à Sissi, lui ai-je expliqué, sans réussir à retenir une pointe de satisfaction dans ma voix. Elle fait un stage au journal pendant l'été. Elle m'a assurée que la vérité éclaterait au grand jour dimanche.

Le voyant se renfrogner davantage, j'ai ajouté :

— Jesse, j'y étais obligée. Maria a tué le type de la société historique. Et elle lui a volé ton portrait pour pouvoir t'exorciser. Je suis certaine qu'elle a aussi assassiné son grand-père. Maria et son mari ont supprimé tous ceux qui ont tenté de lever le voile sur ta disparition. Mais ils ne pourront bientôt plus rien y faire. L'article sera lu par trente-cinq mille personnes. Peut-être plus même, s'ils le mettent en ligne. Ils ne pourront pas supprimer tous les lecteurs.

— Non, Susannah, a rétorqué Jesse en secouant la tête. Ils se contenteront de toi.

— Ils ne peuvent pas me tuer, Jesse. Ils ont déjà essayé, et j'ai une nouvelle pour toi : j'ai la peau dure.

— Peut-être pas tant que ça, a-t-il dit en levant la main.

La corde avait été tranchée…

16

J'ai fixé l'extrémité de la corde avec effroi.

— Mais Père Dom a dit que Maria et Felix étaient de fervents catholiques. Qu'est-ce qu'ils fichent dans cette église ?

Jesse a eu un peu plus de présence d'esprit que moi. Il m'a saisi le poignet pour consulter la montre du père Dominic.

— Combien de temps te reste-t-il ? Combien de minutes exactement ?

— Huit, ai-je répondu en déglutissant. Mais Père Dom a béni notre maison pour les empêcher d'entrer, ils ne peuvent pas débarquer dans l'église comme ça…

— On va trouver la sortie, ne t'inquiète pas, Susannah. Elle ne doit pas être loin. On va la trouver.

C'était peine perdue, j'en avais la certitude. Inutile de chercher. Surtout avec ce brouillard épais qui recouvrait le sol. On ne verrait jamais le trou par lequel j'étais arrivée. Non… L'heure de Susannah Simon, à la peau si dure, avait sonné. J'ai dénoué la corde autour de ma taille. Si je devais rencontrer mon créateur, autant me présenter sous mon meilleur jour.

— On ne doit pas être loin, répétait Jesse en agitant la main pour dissiper le brouillard.

J'ai pensé au père Dominic. Et à Jack. Le pauvre… Si la corde avait été coupée, cela signifiait qu'il leur était arrivé quelque chose. Maria de Silva n'avait pas eu peur de violer la loi du Seigneur.

— Susannah ! Pourquoi ne m'aides-tu pas à chercher ? Tu ne peux pas baisser les bras, Susannah, on va trouver la sortie !

Je l'ai regardé sans le voir. Je pensais à ma mère. Comment le père Dominic allait-il lui expliquer ce qui était arrivé ? À supposer qu'il soit encore en vie pour le faire. Ma mère se poserait beaucoup, beaucoup de questions si on retrouvait mon corps dans la basilique. Je n'allais même pas à l'église le dimanche, pour quelle raison m'y serais-je rendue un vendredi soir ?

— Susannah !

Jesse m'a secouée de toutes ses forces.

— Susannah, tu m'écoutes ? Il ne nous reste que cinq minutes. Il faut que nous trouvions la sortie. Appelle-le !

J'ai cligné plusieurs fois des paupières en chassant des mèches brun foncé de mes yeux. C'était toujours ça de pris : je n'aurais pas besoin de trouver la teinture idéale pour masquer mes cheveux blancs. Je n'en aurais jamais.

— Appeler qui ?

— Le gardien ! Tu m'as dit que vous étiez amis. Il acceptera peut-être de nous montrer le chemin.

Pour la première fois, j'ai lu la peur dans les yeux de Jesse. Et, soudain, j'ai eu peur, moi aussi. Jusque-là, j'étais sous le choc ; désormais je flippais carrément. Parce que si Jesse avait la frousse, eh bien ça signifiait que quelque chose de vraiment terrible allait arriver. Il n'était pas du genre à perdre facilement son sang-froid.

— Appelle-le ! a-t-il répété.

J'ai détaché les yeux de son visage pour étudier les alentours. Je ne voyais que le brouillard. Le ciel nocturne et le brouillard. Aucun gardien. Aucun trou me menant à l'église de la mission Junipero Serra. Aucun couloir. Rien. Soudain, j'ai aperçu quelque chose. Une silhouette venait dans notre direction. J'ai senti le soulagement m'envahir. Le gardien, enfin ! Il allait nous aider, c'était forcé… Sauf que, lorsque la silhouette s'est précisée, j'ai constaté que ce n'était pas du tout la sienne. Ce type-là n'avait rien d'autre sur la tête que ses cheveux. Des cheveux châtain et bouclés. Comme…

— Paul ?

Je n'en revenais pas. Paul Slater se dirigeait vers nous.

— Suze ! a-t-il lancé d'un ton badin, les mains enfoncées dans les poches de son pantalon en toile, sa chemise par-dessus.

On aurait dit qu'il sortait tout juste d'un parcours de golf.

— Qu'est-ce que tu fiches ici ? lui ai-je demandé. Est-ce que… est-ce que tu es mort ?

— Je m'apprêtais à te poser la même question, a-t-il répondu avant de considérer Jesse, qui me tenait toujours par les épaules. Qui est ton ami ? C'est bien un ami, non ?

— Je… je suis venue ici pour le chercher, ai-je expliqué. C'est mon ami, Jesse. Jack l'a exorcisé par accident, et…

— Ah…, a rétorqué Paul en se balançant d'avant en arrière. Je t'avais pourtant dit de ne pas mêler Jack à cette histoire. Il ne sera jamais l'un d'entre nous, tu sais.

J'ai dévisagé Paul Slater sans comprendre. Je ne

pigeais plus rien. Sa présence à cet endroit n'avait aucun sens. Aucun.

— Qu'est-ce… quoi ?

— Je t'avais prévenue, Suze. Je n'en reviens pas que tu sois tombée dans le panneau : toute cette histoire de faire le bien, ce truc de mediator…

Il a secoué la tête en ricanant avant de reprendre :

— Je te croyais plus intelligente. Le vieux, je comprends. Il est d'un autre monde, d'une autre génération. Et Jack n'est pas taillé pour ce genre de mission. Mais toi, Suze… De ta part, je m'attendais à mieux.

Jesse m'a lâchée, mais il a vérifié une fois encore la montre du père Dominic.

— Ce n'est pas le gardien, je suppose ?

— Non, c'est le frère de Jack, Paul. Paul ? Comment es-tu arrivé ici ? Es-tu mort ?

Il a levé les yeux au ciel.

— Mais, non ! Ton petit cirque était complètement inutile. Tu peux, comme moi, venir ici et en repartir à ta guise, Suze. Tu as consacré tellement de temps à « aider les âmes égarées » que tu n'as jamais eu l'occasion d'explorer l'étendue de tes dons.

— Mais tu… tu m'as dit que tu ne croyais pas aux fantômes.

Il m'a souri comme un gamin pris la main dans le sac.

— J'aurais dû être plus précis. Je ne crois pas qu'il faille les laisser empiéter sur mon territoire. Contrairement à toi, a-t-il ajouté en jetant un regard méprisant à Jesse.

J'avais beaucoup de mal à comprendre ce qui se passait.

— Mais… mais n'est-ce pas ce que les mediators sont censés faire ? ai-je bredouillé. Aider les âmes égarées ?

Paul a frissonné, comme si le brouillard qui nous enveloppait s'était soudain rafraîchi.

— Pas nécessairement. Enfin, peut-être le vieux. Et le gamin. Mais pas moi. Et certainement pas toi, Susannah. Si tu m'avais accordé du temps, au lieu de t'échiner à sauver cet ectoplasme, je t'aurais montré ce dont tu es capable. Tes pouvoirs sont tellement plus étendus que ce que tu peux imaginer…

Un coup d'œil à Jesse m'a suffi pour comprendre qu'il était temps de mettre un terme à cette conversation si je ne voulais pas voir le sang couler. Il avait contracté un muscle de sa mâchoire que j'apercevais pour la première fois.

— Paul, ai-je repris, je suis très impressionnée de savoir que le monde mystique n'a pas de secret pour toi. Cela dit, si je ne retourne pas sur Terre immédiatement, je me réveillerai parmi les morts. Je ne parle même pas de ton petit frère, qui, si je ne m'abuse, est en train de passer un sale quart d'heure.

— Effectivement, à cause de toi, et de ton refus d'admettre ta véritable vocation, la vie de Jack est en danger. Ainsi que celle du vieux.

Jesse a esquissé un mouvement en direction de Paul ; je l'ai aussitôt arrêté en levant une main.

— Puisque tu es aussi calé, Paul, tu ne pourrais pas… euh… nous aider ?

Ce n'était pas une mince affaire de retenir Jesse. On aurait dit qu'il bouillait d'arracher la tête de Paul.

— Comment sort-on d'ici ? ai-je insisté.

— C'est tout ce que tu veux savoir ? Fastoche ! Il te suffit d'aller vers la lumière.

— Tu te fous de moi ?

— Désolé, a-t-il répondu en gloussant, je voulais juste vérifier que tu connaissais tes classiques.

Je peux vous assurer qu'il ne riait plus, quand Jesse s'est jeté sur lui. Je vous jure que c'était impressionnant. La seconde d'avant, Paul était là, un sourire narquois au visage, et, la suivante, le poing de Jesse atterrissait sur sa jolie face bronzée. J'avais tenté de l'en empêcher. Paul était sans doute ma seule chance de partir d'ici. En même temps, ça ne m'a pas vraiment fendu le cœur d'entendre son cartilage nasal se briser. Il a réagi comme un gros bébé, il s'est mis à jurer et à invectiver Jesse :

— Tu m'as cassé le nez !

— Je te casserai autre chose, a rétorqué Jesse en l'agrippant par le col de sa chemise et en lui agitant son poing taché de sang sous les yeux, si tu ne nous dis pas tout de suite comment sortir d'ici.

Je ne connaîtrai jamais la réponse que Paul comptait apporter à cette menace, parce que j'ai entendu une douce voix familière dans mon dos. Je me suis retournée, et j'ai découvert Jack, qui courait dans ma direction, une corde fixée autour de la taille.

— Suze ! viens vite ! La méchante dame a coupé la corde. Et maintenant, elle et l'affreux qui l'accompagne, ils tabassent Père Dominic !

Il s'est figé en apercevant Paul, toujours empoigné par Jesse.

— Paul ? Qu'est-ce que tu fiches là ?

Un ange est passé. Le temps d'un battement de cœur – enfin, pour ça, il aurait fallu que mon cœur batte encore. Personne n'a bougé. Ni respiré. Ni même cillé. C'est Paul qui a rompu le silence en lançant à Jesse :

— Tu le regretteras, tu m'entends ? Je te le ferai payer !

Jesse est parti d'un rire glacial.

— Ne te gêne pas pour essayer.

Puis il a lâché Paul, comme s'il n'était qu'un mouchoir usagé, et m'a entraînée vers Jack.

— Emmène-nous.

Jack a glissé sa menotte dans ma main. Il n'a pas jeté un regard à son frère. Ça en disait long sur leur relation, mais pas sur ce que je brûlais d'apprendre. Qui était Paul Slater ? Je n'avais pas le temps de rester pour obtenir une réponse. La montre de Père Dominic me laissait une minute pour rejoindre mon corps… Et sans lui, la rentrée en première serait coton. Heureusement, le trou n'était pas loin de l'endroit où nous nous trouvions. J'ai regardé en bas : le père Dominic n'était nulle part en vue. J'ai entendu les bruits d'une bagarre – bris de verre, objets lourds heurtant le sol, éclats de voix. J'ai vu mon corps, étendu juste en dessous : je dormais d'un sommeil si profond qu'il n'était même pas troublé par le remue-ménage. Le chemin m'a paru beaucoup plus long qu'à l'aller. Je me suis retournée pour lancer à Jack :

— Passe en premier, on t'aidera avec la corde…

Mais Jesse et lui ont hurlé « Non ! » en chœur et, avant que je n'aie le temps de réagir, je tombais. Je dégringolais même. Si je n'ai pas vu grand-chose pendant ma chute, j'ai distingué nettement l'endroit où je m'apprêtais à atterrir, et laissez-moi vous dire que je ne me réjouissais pas vraiment à l'idée d'écrabouiller mon propre… Mais ce n'est pas ce qui s'est produit. Exactement comme dans un rêve, j'ai ouvert les yeux au moment de l'impact. Jesse et Jack m'observaient depuis le trou que le père Dominic avait ouvert avec ses incantations. J'avais retrouvé mon corps, et j'étais entière. Je me suis tout de suite assurée que mes jambes étaient bien là. Tout marchait. Même mon bleu me refaisait mal. Et lorsque, une seconde plus tard, la statue de la Vierge Marie – celle qui d'après Adam verse des larmes de sang – s'est écrasée sur mon ventre, eh bien, c'était sacrément douloureux.

— La voilà ! Attrape-la ! s'est écriée Maria.

J'en ai ma claque des gens – en particulier des fantômes – qui s'évertuent à me tuer. Paul a raison : j'ai tout de la bonne poire. Je consacre beaucoup d'efforts à aider les uns et les autres, et qu'est-ce que j'obtiens en récompense ? Une statue sur le bide ! La vie est injuste. Histoire d'exprimer mon mécontentement, j'ai dégagé la statue, je me suis hissée sur mes pieds et j'ai attrapé la jupe de Maria. Le souvenir de notre dernier accrochage l'a convaincue de prendre la fuite. Dommage, il était trop tard.

— Tu sais, Maria, lui ai-je dit d'une voix dégagée en tirant sur sa longue jupe comme un pêcheur remonte son filet, les filles comme toi me tapent sur les nerfs. Et pas seulement parce que tu demandes aux types de faire le sale boulot pour éviter de mettre les mains dans le cambouis. Non, ce qui m'horripile, c'est ton côté : « Je vaux tellement plus que le reste de l'humanité parce que je suis une de Silva. » On est en Amérique ! ai-je conclu en serrant une poignée de ses boucles noires. Et en Amérique, on naît tous égaux, qu'on s'appelle de Silva ou Simon.

— Ah oui ? a-t-elle rétorqué en agitant son couteau. Et tu veux savoir ce qui m'horripile, moi ? Tu es persuadée qu'être mediator te rend meilleure que moi.

Je l'avoue, cette repartie a achevé de me mettre en pétard.

— C'est complètement faux, ai-je dit en me baissant pour éviter son bras armé. Je ne pense pas être meilleure que toi parce que je suis mediator, Maria. Je pense être meilleure que toi parce que je n'épouse pas le premier venu alors que je ne suis même pas amoureuse de lui.

D'un mouvement leste, je lui ai bloqué le bras dans le dos. Le couteau est tombé par terre.

— Et si c'était le cas, ai-je poursuivi, je ne le ferais pas assassiner pour pouvoir me marier avec un autre. Parce que, ai-je ajouté en la tournant vers la balustrade de l'autel, la clé d'une relation réussie est la communication. Si tu avais discuté avec Jesse, rien de tout ceci ne serait arrivé. Tu as un grave problème de communication, Maria. Il faut apprendre à parler. Et à écouter.

Comprenant ce que je m'apprêtais à faire, elle a hurlé :

— Felix !

Mais il était trop tard, j'avais déjà raclé son visage contre la balustrade.

— Écouter, ce n'est pas ton truc, hein ? ai-je repris en lui tirant la tête en arrière pour examiner l'étendue des dégâts. Je t'ai dit de ne pas me chercher. Et, ai-je ajouté dans son oreille, je crois bien t'avoir précisé de ne pas non plus chercher mon copain. Est-ce que tu écouté ? Non… bien sûr… que non.

J'ai abattu sa tête contre la balustrade à trois reprises pour ponctuer ma dernière phrase. Cruel, je sais, mais parfaitement mérité. Cette pouffiasse avait essayé de me tuer, non pas à une mais à deux reprises. Ne croyez pas que je sois du genre à tenir des comptes, mais je vais vous dire un truc sur les filles du XIXe siècle : elles sont sournoises. Je dois leur accorder ça. Elles sont très douées pour vous poignarder dans le dos ou vous attaquer dans votre sommeil. En revanche, dès qu'il s'agit d'en venir aux mains à la loyale, alors là, il n'y a plus personne. Je lui brisé les os du cou rien qu'en marchant dessus. Et avec des mules Prada, excusez du peu !

Jack allait bien, mais il était penché au-dessus de Père Dominic, qui, lui, était recroquevillé près de l'autel. J'ai enjambé la balustrade pour le rejoindre.

— Suze ! a pleurniché Jack. Je n'arrive pas à le réveiller ! Je crois qu'il…

À cet instant précis, le prêtre, les lunettes de guingois, a poussé un gémissement.

— Père Dom ? ai-je demandé en lui soulevant la tête pour la poser délicatement sur mes genoux. Père Dom, c'est moi, Suze. Vous m'entendez ?

Il a gémi de plus belle, mais il battait des paupières, ce qui était un bon signe.

— Jack, tu vois le coffre en or sous le crucifix ? Rapporte la carafe de vin qui s'y trouve.

Il s'est empressé de s'exécuter.

— Vous allez vous en sortir, ai-je chuchoté à l'oreille du père Dominic. Tenez bon !

Un énorme fracas a attiré mon attention, et j'ai fouillé l'église du regard avec un affreux pressentiment. Felix Diego. Il était quelque part. Je l'avais complètement oublié… heureusement Jesse, lui, avait les idées bien en place.

Je ne sais pas pourquoi, j'étais persuadée que Jesse était resté dans cet horrible royaume des esprits. Ce n'était pas le cas. Il était revenu sur Terre, le royaume des vivants. Avait-il réfléchi aux sacrifices que cela impliquait ? Au moins, il allait enfin pouvoir se venger du type qui l'avait assassiné. Le jeu en valait peut-être la chandelle : je n'avais jamais vu personne poursuivre son ennemi avec autant de détermination. Jesse ne se contenterait pas de lui briser le cou. Non, il voulait apparemment lui arracher la tête à l'aide d'un morceau de banc de prière. Il était d'ailleurs sur le point d'y parvenir. Felix avait beau être plus grand que Jesse, il était aussi plus vieux et moins rapide. Sans parler de la motivation de Jesse, qui était sans égale.

— Et voilà, a lancé Jack, qui avait du mal à reprendre son souffle.

— Merci.

— Père Dom, ai-je dit en approchant la carafe de ses lèvres, buvez un peu.

Le vin a dégouliné sur son menton et sa poitrine.

Maria s'était remise à grogner : les os de son cou étaient déjà en train de se ressouder. C'est l'ennui avec les fantômes, ils se remettent vite sur pied. Beaucoup trop vite. Elle tentait de se redresser sur ses genoux.

— Dommage que nous ne puissions pas l'exorciser, a marmonné Jack.

— Et pourquoi pas ? ai-je répliqué.

— Aucune idée, a-t-il dit en haussant les sourcils. Parce que nous n'avons plus de sang de poulet ?

— On n'en a pas besoin. On a ça, ai-je ajouté en indiquant le cercle de bougies, qui était miraculeusement resté intact.

— Mais nous n'avons pas sa photo. Il nous en faut une, non ?

— Pas forcément, ai-je répondu en reposant la tête de Père Dom sur le sol, puisqu'elle est là. Viens m'aider à la déplacer.

Jack a soulevé Maria par les pieds, moi par les bras. Elle s'est débattue, mais, lorsque nous l'avons déposée sur les aubes, elle a cessé de lutter. Elle devait les trouver aussi confortables que moi.

Le trou que le père Dom avait ouvert se trouvait toujours au-dessus de sa tête.

— Comment faire pour qu'elle soit aspirée ? m'a demandé Jack.

— Aucune idée.

Je me suis tournée vers Jesse et Felix. Ils étaient toujours engagés dans leur lutte à mort. Jesse avait le dessus.

— Le livre ! me suis-je écriée. Père Dom a trouvé la formule dans un bouquin. Tu le vois ?

Jack a découvert le petit volume à la couverture de cuir noir sous le premier banc. Son visage s'est décomposé quand il l'a ouvert pour le feuilleter.

— Suze, ce n'est pas de l'anglais.

— Tant pis, ai-je rétorqué en le lui prenant des mains pour chercher la page que le père Dominic avait repérée. La voici…

Je me suis aussitôt mise à lire. Je ne comprenais pas un traître mot, mais la prononciation ne doit pas compter aux yeux des forces des ténèbres : les volutes de brume se sont allongées jusqu'à venir s'enrouler autour des membres de Maria. Étonnamment, ça n'avait pas l'air de la déranger. On aurait même dit que c'était agréable. Je n'aurais pas été surprise d'apprendre que cette dame avait des tendances sadomaso. Elle n'a pas non plus opposé de résistance quand les liens de fumée se sont resserrés pour la soulever du sol.

— Eh ! s'est indigné Jack. Pourquoi ça n'a pas fait pareil avec toi ? Pourquoi tu as dû grimper dans ce trou ?

Je n'ai pas pris la peine de lui répondre : j'avais

trop peur de ce qui risquait d'arriver si j'arrêtais de lire. Maria est montée de plus en plus haut… Soudain, Felix a échappé à Jesse et fondu sur nous.

— Sale traînée ! a-t-il hurlé en écarquillant les yeux. Ramène-la !

Jesse est arrivé sur ses talons. Il haletait, sa chemise était déchirée, un mince filet de sang coulait le long de son visage. Il a lancé :

— Si tu tiens tant à ton épouse, tu n'as qu'à la rejoindre !

Et il a envoyé Felix Diego au centre du cercle de bougies. Une seconde plus tard, des volutes de fumées dévalaient du trou pour venir s'enrouler autour de ses membres. Felix n'a pas pris son exorcisme avec autant de philosophie que sa femme. Il s'est débattu en hurlant des mots en espagnol que je n'ai pas compris, contrairement à Jesse sans doute. Pourtant, il est demeuré impassible. De temps à autre, je quittais le livre des yeux pour le regarder : il observait les deux amants qui disparaissaient dans le trou. Ceux-ci se sont évanouis lorsque j'ai prononcé un dernier « amen ». L'écho du dernier hurlement vengeur de Diego s'est éteint, et le silence a envahi l'église. Il était si dense que c'en était un vrai bonheur. J'avais donc des scrupules à le briser, mais je m'en sentais le devoir.

— Jesse, ai-je appelé doucement.

Dans le calme qui suivait ce déchaînement de violence, mon chuchotement sonnait comme un cri. Jesse a arraché ses yeux au trou par lequel Maria et Diego venaient de disparaître et m'a interrogée du regard.

— Si tu veux y retourner, ai-je commencé (chacun des mots avait un goût amer), il faut en profiter avant que l'ouverture ne se referme.

— Non, merci, *querida*, m'a-t-il lancé d'un ton léger. J'ai envie de rester pour voir comment ça finit.

17

Voilà comment ça a fini : Jack, Jesse et moi, nous avons aidé le père Dominic, qui avait enfin retrouvé ses esprits, à mettre la main sur un téléphone pour prévenir la police. Il a déclaré avoir surpris deux cambrioleurs dans la basilique. Un mensonge, oui. Mais comment expliquer autrement les dégâts occasionnés par Maria et Diego ? Sans parler de sa bosse sur le crâne.

Lorsque nous avons eu la certitude qu'une voiture de police et une ambulance étaient en route, nous avons quitté Père Dom et nous sommes allés attendre le taxi que nous avions commandé pour Jack. Nous avons soigneusement évité le sujet qui, j'en suis sûre, était au centre de nos pensées : Paul. Oh, j'avais bien essayé de cuisiner

Jack pour comprendre la raison de la présence de son frère.

Moi : Alors, Jack, dis-moi : qu'est-ce que ton frère faisait là ?

Jack (renfrogné) : Je n'ai pas envie d'en parler.

Moi : Je m'en doute. Il semblerait qu'il navigue aisément entre le monde des vivants et celui des morts, ce qui inquiéterait n'importe qui. Il pourrait être le fils de Satan, à ton avis ?

Jesse : Susannah…

Jack : Je t'ai dit que je n'avais pas envie d'en parler.

Moi : Et c'est parfaitement compréhensible. Mais savais-tu, avant ce soir, que Paul était aussi mediator ? Ou as-tu été aussi surpris que nous ? Parce que tu n'as pas eu l'air très étonné de tomber sur lui… là-haut.

Jack : Je n'ai vraiment aucune envie d'en discuter.

Jesse : Laisse-le tranquille, Susannah.

C'était facile à dire pour Jesse. Il ignorait que Paul, Maria et Felix étaient de mèche. Il m'avait fallu un petit moment pour le comprendre, mais maintenant que j'avais pigé, je m'en voulais de ne pas l'avoir saisi plus tôt. Paul s'était occupé de moi le vendredi soir pendant que Maria convainquait Jack d'exorciser Jesse. Paul m'avait dit : « On n'attrape pas les mouches avec du vinaigre », et Maria m'avait ressorti le même proverbe, quelques heures plus tard. Ils avaient formé une trinité maléfique, liée par la haine commune d'une personne. Mais quelle raison Paul, qui n'avait jamais rencontré Jesse avant de le croiser au purgatoire, pouvait-il avoir de le détester ? Maintenant que Jesse lui avait cassé le nez, il en avait une. Jesse n'avait pas l'air d'avoir pris très au sérieux la menace de Paul, alors que moi, je m'inquiétais. Je m'étais attiré une tonne d'ennuis pour sortir Jesse de cette situation délicate, je n'étais donc pas enchantée de le voir plonger tête la première dans une autre.

Mais il n'y avait rien à faire, Jack refusait de parler, et mes questions restaient en suspens. Si Paul était mediator – c'était forcé, sinon comment se serait-il retrouvé là-haut ? –, pourquoi n'avait-il pas expliqué à son petit frère la raison de ses visions ? Pourquoi ne l'avait-il pas rassuré ?

Après avoir déposé Jack à l'hôtel, Jesse et moi avons marché jusqu'à la maison (je n'avais pas assez d'argent pour garder le taxi). Vous brûlez sans doute de savoir ce que nous nous sommes dit pendant ces trois kilomètres de marche. Je ne m'en souviens pas. Je ne crois pas que nous ayons réellement discuté de choses importantes. Qu'y avait-il à dire de toute façon ?

J'ai réussi à me faufiler dans ma chambre aussi discrètement que j'en étais sortie. Personne ne s'est réveillé, à l'exception du chien, qui s'est rendormi aussi sec après m'avoir reconnue.

Paillasson a fêté le retour de Jesse, comme il se doit. Je l'entendais ronronner depuis la porte de ma chambre… Enfin, ça ne m'a pas dérangée longtemps. Je me suis immédiatement glissée entre les draps. Sans me déshabiller ni même me laver le visage. Une fois allongée, j'ai jeté un dernier regard à Jesse, comme pour m'assurer qu'il était véritablement de retour, et je me suis endormie.

Je ne me suis pas réveillée avant le dimanche.

Ma mère a cru que j'avais attrapé la mononucléose. Enfin, jusqu'à ce qu'elle aperçoive le bleu sur mon front. Alors, elle a craint une rupture d'anévrisme. J'ai eu beau essayer de la convaincre que j'étais tout simplement épuisée, elle a refusé de me croire. Elle m'aurait d'ailleurs traînée à l'hôpital pour passer une IRM dès le dimanche matin si elle n'avait pas prévu d'aller, avec Andy, chercher Doc à son camp d'informatique.

Apparemment, mourir – même une demi-heure – est épuisant. À mon réveil, j'étais affamée. Après le départ de ma mère et d'Andy, qui m'avaient fait promettre de ne pas quitter la maison de la journée et d'attendre sagement leur retour, j'ai englouti deux bagels et un bol de Special K avant que Dormeur et Stone ne pointent le bout de leur nez, les cheveux en pagaille. Comme je m'inquiétais d'avoir perdu mon travail à l'hôtel, après mes deux jours d'absence consécutifs, Dormeur m'a rassurée.

— Nan, c'est cool, a-t-il dit en enfournant des céréales, j'ai parlé à Caitlin. Je lui ai expliqué que tu traversais une passe difficile, à cause du cadavre qu'on a retrouvé dans le jardin. Elle comprend.

— Vraiment ?

Je n'avais pas prêté une oreille très attentive à Dormeur. J'étais trop occupée à regarder Stone manger, ce qui est toujours un spectacle effrayant. Il a fourré un demi bagel dans sa bouche et l'a avalé tout rond. Dommage que je n'aie pas eu de caméra : cet événement aurait pu passer à la postérité. Ou me servir de preuve pour la prochaine fille qui trouverait mon demi-frère irrésistible. Sans quitter des yeux le journal ouvert devant lui, Stone a englouti la deuxième moitié du bagel, comme un serpent gobe une souris. Je n'avais jamais rien vu d'aussi répugnant. Enfin, mis à part les insectes du carton de jus d'orange.

— Au fait, a lancé Dormeur en attrapant une enveloppe sur le comptoir derrière lui, Caitlin m'a demandé de te la remettre. Ça vient des Slater. Ils sont partis hier.

La lettre était lourde, il y avait quelque chose de dur à l'intérieur. Le prénom SUSAN était écrit dessus.

— Ils n'étaient censés quitter l'hôtel qu'aujourd'hui, ai-je dit en déchirant l'enveloppe.

— Ils ont dû avancer leur départ, a répondu Dormeur en haussant les épaules.

J'ai découvert une première lettre en provenance de Mme Slater.

Chère Susan,

Que dire ? Tu as fait de telles merveilles pour notre Jack. C'est un autre garçon. Les choses ont toujours été plus difficiles pour lui que pour Paul. Jack n'est sans doute pas aussi brillant que son grand frère. En tout cas, nous sommes désolés de ne pas avoir pu te dire au revoir, nous avons été contraints de partir plus tôt. Accepte, s'il te plaît, ce petit bonus en remerciement, et sache que Rick et moi sommes tes débiteurs devant l'Éternel.

Nancy Slater

La lettre était accompagnée d'un chèque de deux cents dollars. Sans déconner. Ce n'était même pas mon salaire pour la semaine, c'était mon pourboire ! J'ai placé le chèque et la lettre sous mon bol de céréales, et j'ai déplié la deuxième feuille. C'était un mot de Jack.

Chère Suze,

Tu m'as sauvé la vie. Je sais que tu ne le crois pas, mais c'est le cas. Si tu n'avais pas été là pour moi, je serais toujours un trouillard. Je pense que je n'en serai plus jamais un. Merci. J'espère que ta tête va mieux. Écris-moi si tu as le temps.

Bisous, Jack.

PS : S'il te plaît, ne me pose pas de questions sur Paul. Je suis désolé de ce qu'il a fait. Je suis certain qu'il ne se rendait pas compte. Il n'est pas vraiment méchant.

Ah bon ? Pas vraiment méchant ? Paul était complètement taré, oui ! Il pouvait se rendre dans l'au-delà sur un claquement de doigts, et il n'aidait même pas son propre frère. Pas vraiment méchant ? Ce mec était un monstre ! J'espérais que je ne le reverrais jamais.

La lettre de Jack comportait un second post-scriptum :

PPS : Je me suis dit que tu serais contente de l'avoir. Je ne savais pas quoi en faire de toute manière.

J'ai secoué l'enveloppe, et la miniature de Jesse en est tombée. Je l'ai regardée avec des yeux comme des soucoupes. Est-ce que je serais obligée de la rendre ? La garder reviendrait à voler. Sauf que Clive s'en fichait maintenant…

Stone m'a tirée de mes pensées :

— Yo, on est dans le journal.

Dormeur a relevé le nez des annonces automobiles, qu'il examinait à la recherche d'une Camarao noire de 1967 avec moins de 80 000 kilomètres.

— Arrête…

— Je te jure, regarde.

Il a retourné le journal, et nous avons découvert une photo de la maison. À côté d'elle se trouvaient un cliché de Clive Clemmings et une reproduction du portrait de Maria. J'ai arraché la feuille de chou des mains de Stone.

— Eh ! J'étais en train de le lire !

— Laisse ça aux gens qui comprennent tous les mots.

Je leur ai lu à haute voix l'article de Sissi. Elle avait retranscrit toute l'histoire, de la découverte du cadavre de Jesse – sauf qu'elle l'appelait Hector de Silva – à la théorie du grand-père de

Clive sur son assassinat. Elle avait mis en avant tous les points importants, et son article ne laissait aucun doute sur la duplicité de Maria et l'absence de scrupules de Felix. Sans l'écrire noir sur blanc, elle laissait entendre que leurs descendants avaient tous été des minables. Bien joué, Sissi ! Elle citait le défunt docteur Clive Clemmings comme sa source principale : d'après elle, il avait percé le mystère quelques jours avant sa mort. Clive, où qu'il se trouve, devait être content. Non seulement il passait pour un héros ayant résolu un crime vieux de cent cinquante ans, mais en plus le journal avait réussi à dégoter une photo sur laquelle il avait encore tous ses cheveux, ou presque.

— Pourquoi ils ne parlent pas de moi ? a demandé Stone une fois la lecture terminée. J'ai découvert le squelette quand même !

— Ah ouais, a rétorqué Dormeur d'un ton mordant, tu as joué un rôle crucial dans cette affaire. Sans toi, le crâne de ce type serait peut-être encore intact.

Stone s'est jeté sur son grand frère. Ils ont roulé sur le sol dans un fracas que leur père n'aurait jamais toléré. Pendant qu'ils se battaient, j'ai reposé le journal pour retourner à l'enveloppe. Il restait une feuille à l'intérieur.

Suze,
Il était dit, apparemment, que nous passerions à côté l'un de l'autre... pour le moment.

Paul ! Je n'en croyais pas mes yeux !

Je sais que tu te poses un tas de questions. Je sais aussi que tu es courageuse. Je me demande si tu as le courage de te poser la question la plus difficile pour quelqu'un de notre... confession.
En attendant, souviens-toi : Donne un poisson à un homme, il aura à manger pour un jour. Mais apprends-lui à pêcher, et il mangera tout le poisson que tu aurais pu prendre.
Garde bien ça en tête, Suze.
Paul

La vache ! Pas étonnant que ça n'ait jamais fonctionné entre nous ! *La question la plus difficile* ? De quoi parlait-il ? Et de quelle confession étions-nous précisément ? Que savait-il que j'ignorais ? Beaucoup de choses, apparemment...

S'il y en avait une que je savais, malgré tout, c'est que, peu importait son secret, Paul était avant tout un gros naze. Il avait planté son petit frère à plusieurs reprises, et pas plus tard que l'avant-veille dans une église mise à sac par deux psychopathes.

Et je ne parlais pas de ce qu'il avait fait à Jesse, qu'il ne connaissait même pas.

Je ne le lui pardonnerais jamais. Et je n'étais pas prête de lui accorder ma confiance. Ou de suivre ses conseils en matière de pêche. J'ai quand même gardé sa lettre pour la montrer à Père Dom. Il m'avait passé un coup de fil pour me rassurer : il avait mal partout, mais il allait bien.

Tandis que Dormeur et Stone se roulaient par terre – ce dernier hurlant : « Lâche-moi, sale pédé » –, j'ai récupéré mon butin et je suis montée dans ma chambre. Mince, c'était mon jour de repos ! Peu importaient les recommandations de ma mère, il était hors de question que je le passe enfermée. J'allais appeler Sissi pour savoir si elle avait quelque chose de prévu. On pourrait faire un tour à la plage. J'avais bien mérité de lézarder au soleil.

Étonnamment, Jesse était déjà debout, alors qu'il me rend rarement visite le matin. D'un autre côté, je n'ai pas l'habitude de dormir trente-six heures d'affilée. Bref, on peut dire qu'aucun de nous ne respectait vraiment la tradition. Ne m'attendant pas du tout à sa présence, j'ai littéralement bondi tout en dissimulant sa miniature dans mon dos. Je ne voulais pas qu'il se fasse des idées.

— Tu es réveillée ? a-t-il lancé depuis la banquette, où il était installé avec Paillasson.

— Oui, ai-je dit en m'approchant de mon lit.

Si j'étais assez rapide, je réussirais peut-être à glisser, ni vue ni connue, son portrait sous mon oreiller.

— Comment te sens-tu ? m'a-t-il demandé.

— Moi ? ai-je répondu, comme s'il y avait quelqu'un d'autre dans la pièce.

Il a posé son livre et m'a regardée. Son visage affichait une de ces expressions indéchiffrables dont il a le secret.

— Oui, toi. Comment te sens-tu ?

— Bien.

J'ai atteint mon lit, je m'y suis assise, puis, aussi rapide qu'une mangouste – je n'en ai jamais vu en action, mais j'ai entendu dire qu'elles étaient lestes –, j'ai planqué les lettres et la miniature sous mon oreiller. Je pouvais enfin me détendre.

— Je suis en pleine forme, ai-je repris.

— Parfait. Il faut qu'on parle.

Tout à coup, je ne me suis plus sentie aussi à l'aise. J'ai sauté sur mes pieds, et mon cœur s'est mis à battre la chamade. De quoi voulait-il parler ? Mon cerveau tournait à cent à l'heure. Jesse comptait sans doute discuter de ce qui s'était passé. C'est vrai, c'était flippant, j'avais failli mourir, et, Paul avait raison, j'avais plein de questions… Mais je n'avais aucune envie d'aborder ce sujet avec lui. Parce que si j'étais passée à un cheveu de la mort, c'était pour le sauver. Je continuais à espérer qu'il ne s'en était pas rendu compte, même si son regard laissait penser le contraire. Qu'est-ce que j'allais pouvoir dire, moi, sans lui parler de mes sentiments ?

— Tu sais quoi ? ai-je débité à toute vitesse. Je n'ai aucune envie de discuter, j'espère que ça ne t'embête pas.

Jesse a posé Paillasson par terre, puis il s'est levé. *Qu'est-ce qu'il fabriquait ?* J'ai pris une profonde inspiration.

— J'avais l'intention…, ai-je poursuivi alors qu'il s'approchait de moi, j'avais l'intention d'appeler Sissi pour aller à la plage ou un truc dans le genre, parce que j'ai… j'ai besoin d'un vrai jour de vacances.

Il s'est encore approché. Il était juste devant moi, maintenant.

— J'ai surtout besoin, ai-je ajouté en levant les yeux vers les siens, d'une journée de silence. C'est pour ça que ces vacances sont nécessaires. Je parle trop.

— Entendu, a-t-il dit.

Il a pris mon visage entre ses deux mains avant d'ajouter :

— Inutile de parler.

Et il m'a embrassée.

Sur les lèvres.

« Pour l'éditeur, le principe est d'utiliser des papiers composés de fibres naturelles, renouvelables, recyclables et fabriquées à partir de bois issus de forêts qui adoptent un système d'aménagement durable. En outre, l'éditeur attend de ses fournisseurs de papier qu'ils s'inscrivent dans une démarche de certification environnementale reconnue. »

Composition *JOUVE* – 45770 Saran
N° 653538J

Achevé d'imprimer en Espagne par BLACKPRINT CPI IBERICA S.L.
32.03.2968.9/01 – ISBN : 978-2-01-322968-5

Loi n° 49-956 du 16 juillet 1949 sur les publications destinées à la jeunesse.

Dépôt légal : août 2011